狂乱连锁

[日]真梨幸子 | 著

程宏 | 译

台海出版社

◇千本櫻文庫◇

文库，原本是指收纳书物的仓库和书库，也指收纳书与记事簿，以及不常用物品的小箱子。以前者为例，京浜急行线的"金泽文库站"就是以前镰仓时代北条氏用来收藏汉书用的，"金泽文库"名字的由来便是如此。东京都的世田谷区也存在着收集着珍贵汉书的"静嘉堂文库"。后者则更多地被称为"手文库"。

江户时代以来，可以放入袖袂的小开本书籍逐渐流行起来，被称为"袖珍本"。明治三十六年（1903年），富山房发行了小开本的丛书，起名"袖珍名著文库"。随后，明治四十四年（1911年），讲述战国时代的猿飞佐助和雾隐才藏系列故事的讲谈社"立川文库"发行出版。

讲谈是日本民间艺术，以口语化的方式讲述历史故事的形式。而"立川文库"则是将讲谈收录成册集中出版的丛书，据统计，当时刊行量为200册左右。从那时起，文库就脱离了原本的释意，逐渐演变成了现在的类书集丛。

文库说法借鉴了日本出版业界的传统说法。而千本樱源自日本奈良县吉野山樱花盛开的奇景，世人皆称"一目千本樱"来形容樱花美景。千本樱文库的纳入作品皆为日系作品，题材包括推理、悬疑、幻想、青春、文化等类型，正如千本樱满山盛开的绝景。

现代日本，以"文库"命名刊行的丛书系列有200种以上，所谓"文库本"只不过是统称而已。日本传统的"文库本"常用的是A6尺寸的148mm×105mm，也叫"A6判"。千本樱文库的所有书籍将在"文库本"

的基础上提升，达到 148mm×210mm 的开本标准。追求还原的前提下，力图带给读者更清晰的阅读体验。

　　发自莫格街的推理火种，经由贝克街的名侦探，扬起本格黄金时代的风帆，乘风破浪驶向远东。孤悬海外的极东岛国汲取欧洲推理特长的同时，也发展出了很多本土化的推理小说类型。比如，以松本清张为代表作家的社会派推理类型，基于本格推理再创作的新本格类型，探查普通生活中奇怪琐事的日常之谜类型等。2007 年，月刊《书的杂志》打出"致郁推理"的标题，后来人们就将读完令人心情压抑的推理小说归纳进了"致郁推理"的类型。一年以后，凑佳苗创作的人气小说《告白》引发轩然大波，"致郁推理"也就此深入人心。其实，《告白》尚未出版之前，沼田真帆香留便已经开始创作此类作品，当《摇摆的心》大获成功以后，其出道作《如果九月可以永存》也取得了佳绩。但是，"致郁推理"的旗手不仅限于这两位作家。2005 年，凭借《孤虫症》斩获第 32 届梅菲斯特奖出道的真梨幸子也是"致郁推理"的青睐者。

　　所谓"致郁推理"的字面意思，顾名思义就是阅读之后受到冲击震撼，从而引发心理不适的小说类型。真梨幸子发表《孤虫症》以后，尽情地挖掘人类内心深处潜藏的负面情感与黑暗，任其暴走。创造出了只属于她自己的狂气风格，相当多的读者都被"不想读"却又忍不住读下去的欲望所俘虏。至今，出道十六年的真梨幸子已经创作出了三十余部作品。《狂乱连锁》是真梨幸子早期的作品，最初发表于早川书房。2016 年，幻冬社出版了本作的文库本。《狂乱连锁》属于连作短篇集合，由两个人的联系贯穿全书，引发蝴蝶效应。阅读本作需要进行缜密地逻辑性思考，而且不知不觉就会被书中的情绪感染。这样的阅读体验并不多见。

千本樱文库编辑部

狂
乱
连
锁

目录
CONTENTS

钟情妄想

【钟情妄想】激情性精神病，也叫被爱妄想症。症状表现为，单方面爱上和自己几乎没有接触的人，并产生对方也爱自己的妄想，生活中的一切均被这种妄想束缚。妄想对象多为名人或偶像。

二〇〇六年（平成十八年）秋

好像有传真。

美纱纪全神贯注地听着收信的声音。静音的电视上是她喜欢的搞笑艺人，与往常一样的节目。也就是说，早就过零点了。为了确认时间，她往传真机的显示屏瞄了一眼。一点十六分。

一点十六分！

烦人。真是烦死人了！

到底怎么回事啊？为什么要折磨我？

美纱纪强行抽掉了即将吐出的传真纸。

什么啊？到底想怎么样？

*

麻衣子听说那事之后，说了一句"居然有这事"，便一笑了之。她现在非常后悔。榛名美纱纪在两天之后被人用刀捅了。所幸她没有生命危险，但她非常消沉，据说可能要住院两个月。

她住院已经快满两个月了，今天将进行被告的初审。都快开庭了，麻衣子还在纠结要不要去旁听审判，最后她坐上了地铁。

霞关站 A1 出口。麻衣子一走出地铁口，湿热的风便往她的裙里钻。

手刚按上去，一侧的裙子就像轻纱一样飘了起来。回过头，没有人，只有向下延伸的楼梯。她舒了口气。没事的，没事的。她把双手按在胸前，对自己说道。

不过，堪比国际机场规格的安检让她有些意外。她开始打退堂鼓了。

"不行。都已经到这了。"

通过安检后，她快步走向接待处。接着拿起丢在桌上的公审日程表，开始寻找那起案件。四二一号法庭／十三点三十分／杀人未遂／川上孝一／新。就是这个。时间是……还剩不到十分钟。得赶快。

不过，四二一号法庭里没多少人。不用数就能看出来，六个人。还以为这里会挤满媒体和粉丝。麻衣子静悄悄地坐到倒数第二个座位上。被告应该是坐在对面右侧的座位上。之前看的电视剧里就是这样的。好，这个角度正好。被告席看得很清楚。被告的每一个表情都不能错过。他回顾案件的时候会是什么表情呢？

"糟糕！是左边。"

被告戴着手铐和腰绳，被两位法警夹在中间走进了法庭。啊，是左边。麻衣子发出沮丧的声音，这时，中间的法官席上出现了三位法官。"起立"声响起。麻衣子应声轻轻低下头，并往右侧的座位挪去，她想趁着坐下的时机换个座位。就是这里，这里是最佳位置。

麻衣子不动声色地抬起视线，焦点聚焦在被告席上。

川上孝一，光头，穿着一套苔绿色运动服。在拘留所里的日子好像不大好过，他脸颊消瘦，眼眶内陷，嘴唇干枯，只有那没刮的乌黑胡子生机勃勃，仿佛是他活着的证据一般。

麻衣子注视着他的右手，当时大概就是用这只手握着小刀的。手铐已经解开，但这个男人的右手紧紧握着，似乎在忍耐手铐带来的疼痛。审判长传唤被告上证言台。川上孝一拖着那副身体缓缓走上中央的台子。

核对身份，宣读起诉状后是询问是否认罪，这时川上孝一小声回答："没错。"

麻衣子的膝盖自己抖了起来，像有自主意识的生物一样。

接着检方的开庭陈述开始了。案件的梗概一一得到说明。

川上孝一，二十六岁。半年前，即二〇〇六年（平成十八年）三月份，在同事的推荐下，看了榛名美纱纪创作的连载小说《给你的爱》。开始的时候他有一种难以形容的，很不舒服的感觉。首先是小说女主角的名字和作者一样。这个是经常有的事。只是这样也没什么好意外的。不过，爱上女主角的男性的名字和自己一样，这就很让人意外了。这种事几乎不可能，不，是前所未有的。就算是偶然，也让人不怎么舒服。即便如此，他依然很在意后续的剧情，于是继续翻看。看着看着，他隐隐觉得"书上写的难道就是我自己"。看完之后，他确信"写的就是自己"。但他还是无法相信，于是又看了榛名美纱纪的其他作品。结果发现每部作品中都有象征自己的人物。而且，可以说必然饱含着爱情的意味。虽然在此之前自己根本不认识那个名叫榛名美纱纪的作家，但也许榛名美纱纪认识自己。也许她还爱上了自己，并通过小说这个媒介，向自己传达爱意。他觉得这简直是天方夜谭，但越看她的作品和随笔，就越觉得这件事无可否定。这是怎么回事？为什么她这么了解自己？必须直接见本人，确认一下这件事。

"可是，就算联络出版社，对方的态度也很冷淡，不会帮我转告榛名美纱纪。"

面对讯问，川上孝一低着头答道。虽然他的声音又孱弱又可悲，但麻衣子却觉得很不错。不仅如此，如果用这种声音向她哭诉，也许无论多离谱的请求她都会答应。这种声音特质大概是他的优点之一吧。他还有别的优点。极其憔悴，满是毛球的运动服一看就是便宜货，但脱下那身衣服之后，肯定会露出一副健壮的身体。他相貌也不错。尽管现在是最糟糕的局面和最糟糕的状况，但在这法庭里，他那端正的五官是最吸引眼球的。就算原封不动地把这副惨样的他丢到涉谷的十字路口附近，估计也能吸引八成人的目光。

太可惜了。

麻衣子想到他相貌出众，又有才能。明明可以过着一帆风顺的人生，可为什么偏偏选了最糟糕的那条路？执着于榛名美纱纪这个素未谋面的女作家，甚至不惜犯罪。如果榛名美纱纪是个堪比女演员的美女倒还好理解。可是就算带着偏袒的眼光形容，她也称不上"美女"。如果将摄影师煞费苦心拍摄的光彩照人的作者近照再现并放到涉谷的十字路口，估计也会被某个坏心眼的家伙大肆涂鸦，或者被某个善良的人移到巢鸭附近。

检察官的讯问像是在提醒他。你现在依然认为榛名美纱纪小姐爱过你吗？

"是的。榛名美纱纪爱过我，不会错。"

被告强有力地答道。

半个月后的第二次公审，麻衣子依然选了初审时的位置，膝盖紧张地抖着。今天传唤了两名证人。

一名是负责榛名美纱纪的编辑。这位编辑是检方证人，似乎是被传唤来证明被告川上孝一的异常举动。

另一个人是被告打工的地方的上司。这位证人被传唤来证明被告心地善良，是辩方找来的。辩方律师似乎想证明被告因为"恋爱"的冲动而一时丧失理性，以此争取酌情轻判。而检方则强调被告是放纵自己不正当的欲望，似乎想以此争取让川上孝一入狱。

"他的攻击十分凶残。"

检方证人以回答检查员讯问的形式，接连做出了证明被告异常的证言。证言的内容时不时让旁听席传出叹息声。"太过分了！""太过火了！""他为什么会干这种事？"这是夹杂了好奇和恐惧，以及困惑的感叹。今天来旁听的人稍微多了点。也许是由于周刊杂志上简单介绍了初审的消息。

负责榛名美纱纪的编辑，名叫田中的男性继续他的证言。

　　　　*

"您找田中吗？田中啊——"

兼职女孩耳朵贴着听筒，眼珠子咕噜噜转了一圈。视线停在了田中前面。田中的心跳随之加快了。

"又是那家伙？"

田中没有出声，只用嘴型提心吊胆地问道。兼职女孩狡黠地扬起嘴角，"田中他——"

喂，拜托啦，说我不在，这种时候可不需要什么"诚实"，我不在，公司没这我号人，这世上压根就没我这号人。

然而，兼职女孩按下了保留键。

"不是吧！"田中的心率攀升到了极限。正在检查的校样滑落到膝盖上。

"田中先生——你的电话。二号。"

兼职女孩开朗的声音响了起来。

这家伙想拿我狼狈的样子寻开心。谁会接啊，那种电话我绝对不接。

反正肯定是那家伙。昨天五十六次，今天才刚过中午就已经二十一次了。按这势头，应该能轻松打破昨天的记录。无视，要无视。田中盯着闪烁的二号键。

"是榛名小姐打来的。"

榛名……美纱纪？什么嘛。

哈啊。田中紧绷的身体松了下来，膝盖上的校样散落了一地。

兼职女孩一直看着他，最后露出一个微笑，然后仿佛什么事都没发生一样，继续自己的工作。

那家伙果然在拿我寻开心。既然是榛名美纱纪打来的，就早说啊。可恶。田中拿起听筒，粗暴地按下按键。

"承、承蒙关照咯。"

"讨厌，你还是那么娘呢！"

榛名美纱纪天真无邪的声音真是动听。归根结底，都怪你那不正常的粉丝，搞得我都快神经衰弱了。不，我已经患上严重的神经衰弱了。电话铃每响一次，我的心脏就会来个三百六十度的转体。

"我哪有那么娘啦？"田中慎重地回敬道，听上去似乎没有丝毫不满，"这话真让人不舒服，我是正常人啦。"

他有时候会觉得自己装得有点过了，但他明白这就是自己的形象。特别是与女性打交道的时候，这种形象作用很大。一米六五的瘦弱体格，头发也很稀薄，可是其他地方的毛却异常浓密。像蚰蜒一样又浓又长的眉毛根本没法打理，早上才刮的胡子，到了傍晚嘴边就多了一圈青色的胡楂。拿着听筒的手一片乌黑，像是滴上墨汁之后又不小心抹开了一样。就是因为这副外表，以前女性对他的戒心特别重。不过，树立了"女性"形象之后，事情就顺利多了。特别是与榛名美纱纪这样的女作家打交道时，这种形象是不可或缺的。不知道为什么，职业女性对"娘"很宽容。很快就会对这样的人放下戒心。也许不是所有职业女性都这样，但至少田中接触过的都一样。

"话说，今天能不能见个面？我有事想找你商量。"

"商量——"田中用手指刮下了鼻头上油腻的汗水，"出事了吗？"

难道是那个男的？

"嗯……"

榛名美纱纪支支吾吾地好像有什么难言之隐。

"讨厌。难道榛名家里出事了？"

田中的心跳再次加快。

保护作家免受不正常的粉丝侵扰也是编辑的义务。虽然不可能滴水不漏，但最起码要想办法避免别人找到作家的住处，这就是编辑的职责。

"嗯……昨天深夜，一点十六分的时候，我接到一个传真。"

传真！咚。田中的心脏猛地提到了嗓子眼。

居然有这事。那个发神经的男人终于开始攻击作家本人了吗？而且还发传真！炸弹吗？

田中的牙齿咬得咯咯作响。传真炸弹，把传真稿插入传真机后，用胶带之类的东西把前后两端接在一起。在这种状态下发送传真，传真稿就会一圈一圈地转，可以无限发送同样的内容。面对接连不断的传真，接收方只能干着急。第一次发生这种事是在一个月前的连休。连休结束时传真机里涌出的简直就是纸张的洪流。虽然这是在电子邮件成为主流沟通方式之前的老套骚扰手段，但效果显著。从那时起那个男人就经常发"炸弹"过来，每次都会让工作停滞。难道这次直接对榛名美纱纪本人发动了那种攻击？

"我明白了。我现在就去您家里！"

好在今天没有着急的校对稿。榛名美纱纪的事务所兼住宅也不算远，坐中央线特快只要三十分钟。顺便催一催下一部作品吧。

田中在白板上潦草地写上"去找榛名美纱纪开碰头会，然后直接回家"后，快步离开了办公室。

啊，那人真是太疯狂了。在坐中央线的时候，田中牙齿磨得咯咯响——要攻击就集中攻击 H 出版社，别来攻击我们社。毕竟榛名美纱纪是从 H 社出道的，而且出版数量也是那边更多。越来越快的心跳让田中的呼吸十分急促。

"呀——终于对她家下手了？"

前几天见过的 H 社编辑只表现出了毫无诚意的同情，仿佛在说真可怜啊。

"我们社负责接电话的兼职小哥都神经衰弱了。毕竟一天有五十多通无声电话，而且肯定是在上午和夜间，真让人受不了呢。你们有收到信吗？"

有啊，每天都有。准确地说不是信，是包裹。

"写满莫名其妙内容的笔记啦，贴满浮签的书和杂志啦。"

对对，没错，就是那些。

"刚开始是普通的信，我还以为这个人很正常。如果是不正常的人，我还是能察觉到的。首先是文章，会用很多感叹号。如果文章明显有很多感叹号，那就要注意了。虽然没有根据，但这是我长久以来的经验，这点可以确定。还有，空白很少，插图很多，有醒目的颜文字和标记也会让我担心。可是，刚开始，他寄来的信不是那样的，真的很普通。感觉后来越来越不正常了。对于不正常的、会骚扰人的粉丝，最好的做法是无视。不能胡乱把事情闹大，被作家知道。因为作家会因为一点小事就做出过度反应。不过现在有网络，不管我们怎么防御，那些家伙都能用网络直接攻击

作家。在这方面，那个男的很守旧啊。甚至有种让人怀念的芳香。"

现在哪有心情去怀念那种不正常的男人啊？

"总之就是别搭理那种人。要是和那些家伙纠缠，搞不好他们的行为会越来越恶劣。之前，我负责的作家就被狂热的粉丝跟踪了。做出了强烈的抗议之后，那个粉丝擅自提交了结婚申请，哎呀，结果闹出了很大的乱子。"

结婚申请？连这种事都干得出来吗？老天保佑。

"不管怎样，攻击我们这边还在安全范围内。危险的是针对作家本人——"

对，已经不在安全范围内了。那个男人终于找上了榛名美纱纪。

榛名美纱纪实在很憔悴。她才刚三十二岁而已，可是看上去已经相当老气了。妆容还是一如既往的浓。田中把带来的水果蛋糕轻轻放到桌上。但榛名美纱纪只是轻轻笑了笑说了声"谢谢"而已。

下一部作品没问题吧？田中首先想到的是工作的事。榛名美纱纪正是如日中天的时候。这个出道五年的青春恋爱小说旗手踏踏实实地一路成长。她得到了书评家的一致好评，固定粉丝也很多。虽然没有一鸣惊人的爆款畅销书，但如果出版单行本的话，两万本的销量是有保障的。现在这个时代，两万本可是个大数目。而且也多次得到各类文学奖提名，人们都说她拿奖在即。如果可以的话，田中希望自己负责的作品拿个什么奖，所以下一部作品他志在必得。

但田中也觉得现在不好提新作的事。因为传真的关系，榛名美纱纪非常消沉。哎，这也难怪。榛名美纱纪一直低垂着头，田中看着她的旋毛。第一次收到那家伙的传真时，自己也很害怕。

不过，在这世上，遇到什么事都不算罕见。读者单方面认定"书里写的是自己的事"，产生了被害妄想也没办法。田中在出版社干了十年，这类抱怨简直就是家常便饭。不过这个男人太过火了。第一通电话是在三个月前，虽然当时简单应付过去了，但从第二天开始，电话攻击平均一天足足有五十通，而且不知道他从哪查到的地址，也开始发邮件了。邮件的数量一天平均两百封。还有那个传真炸弹。

"实在很烦人。不过为什么要发榛名小姐家里的传真？难道电话也打了？邮件呢？"

田中探出头去看榛名美纱纪的眼睛。平时她会用要强的视线回击，但今天视线很孱弱。

说到职业女性，普遍的印象是任性、以自我为中心、女王范、不好相处、高高在上不食人间烟火，但实际上并非如此。她们非常普通，非常有社会性。虽说有一部分人比较匪夷所思，她们简直是另一个世界的人，但世界上的各行各业都有这样的。

不过，这位榛名美纱纪如果除去作家的身份，那就是一位普通女性。她太普通了，有时候甚至会觉得她缺了什么。但那种普通感才是她的长处，那种普通感孕育出的内心描写既细腻又有真实感，能让读者产生共鸣。不过，果然还是缺了点什么。能不能干脆借这次的经历，尝试挑战一下崩坏的世界呢？以她的表现力，肯定会成功的。如果可以的话，就在下一部作品里尝试，就在自己负责的作品里。

不行，实在开不了口。榛名美纱纪一直垂着头，像地藏菩萨一样一动不动。

也是啊，这事谁受得了啊。田中心里再次充满了同情。他自己也一样，在电话和传真的持续攻击下受到了相当大的伤害。不过，知道目标不是自己，他便安心了。说到底，这事和他无关。

另一方面，榛名美纱纪是当事人。她紧握的手颤抖着，无法想象她有多么的恐惧。

"这种情况是不是求助警察比较好呢？"

听到田中的话，榛名美纱纪缓缓抬起了含泪的眼睛。

"可是明天电视台那边有安排。"

啊，对啊。是中午的固定节目《午饭就要笑着享用》吧。

"所以警察……"

*

"可是……果然还是求助警察比较好啊。如果当时报了警说不定……就不会……我好后悔啊——"

检方和辩方的讯问各持续了一个小时，旁听席上的人都有些疲态。

不用说，让人疲劳的自然是证言的内容。人人都对被告不正常的骚扰行为十分厌烦。不管五官有多端正，都不想和这种人扯上一点关系。到处都有这种视线投向被告席。不过证人本身也是疲劳的原因，那做作的假声每一个发音都让人恼火，就不能管管他吗？内容越深刻，那磨磨唧唧的尾音就越急人。如果是在法庭外，估计他会是个"有趣的人"，能给大家提供一两个笑点，但在这里完全是反效果。证人把法庭气氛弄得十分尴尬，比不懂看气氛的中学生的模仿秀还厉害。早点结束多好啊。麻衣子小幅舒展了一下后背。

仿佛要换口味一样，终于传唤了下一位证人。

那个青年是被告打工的地方的上司，名叫渡边。看上去是个爽朗的好青年。说话方式也很正常。麻衣子轻轻摇了摇头，仿佛想要甩掉还在耳中萦绕的田中的声音一般，她仔细地倾听渡边的证言。

上司认真地陈述了被告在职场上的变化。

*

"真是的。今年的招聘指数十三年来第一次恢复到 1.00。"

为了让沉默得令人尴尬的川上孝一放松下来，渡边说了一个不愿提起的话题。

有效招聘率恢复。今天早上在报纸上看到这则新闻的时候，一种难以形容的憋屈感让他差点喘不过气来。现在依然觉得心脏很沉重。直到三年前，还远没有到 1.00。投了五十家公司，终于拿到了内定，那时他已经大四了。只要公司愿意收，他哪都肯去。他想从老妈"内定呢？内定呢？"的唠叨中逃离。只想安安稳稳地睡一觉。他每天都在想，就算这样也不能选择自己从没考虑过的职业吧。面试时他言不由衷地表示这就是我想进入的行业。不断告诉自己这就是我要做的事。过了三年。他得到了"店长"的头衔，负责一个门店，但他还是不想走这条路。"天职天职"，他嘟囔着咒语一样的词想到，"这个公司今后会发展壮大，而且我是店长，社长也很看好我，我是胜者组的"，尝试进行自我暗示，可是早上醒来的时候一定会泄气，冒出"果然入错行了"的想法。"今天也要炸一整天肉饼吗？"

白色的工作服散发出酸溜溜的油臭。一个上午就炸了两百个肉饼。

"如果我再晚三年出生，会拥有不同的人生吗？"

其实他并不喜欢消极的想法。但与这个川上孝一在一起的话，他就不由得说出了那种话。也许是因为年龄相仿，他吐出了心里话。

川上孝一来到 H 市的"北海道屋"G 百货商场是两年前的事。一开始是一周打三次工，从半年前开始就按完整的上班时间工作了。

"北海道屋"是主营沙拉和油炸食品的手工熟食连锁店，很受女性欢迎。它的卖点是手工制作，但只是把工厂早上送来的包装食品打开并装进盘子而已。虽然店里的招牌菜炸肉饼是现炸的，但这也只是按照操作指南把在工厂里完成了百分之九十的半成品简单炸一炸而已。

"我说，你在听吗？"

川上孝一像往常一样一言不发，所以渡边加重了语气。

"欸？"川上孝一终于回过神来，"休息时间已经结束了吗？"

"我们才刚坐下来吧？"

渡边又往吃到一半的肉片乌冬面上多撒了些辣椒。川上孝一托盘上的咖喱一口都没吃。咖喱的表面转眼间蒙上了一层膜。

员工食堂的每一样食物卖相都很差。吃饭的秘诀是要一口气吞下去，不要细尝。说这话的是川上孝一，有时候会看到他高高举起盘子把咖喱往嘴里扫。川上孝一明明是个帅哥，但却经常像惩罚游戏一样主动出糗。他这举动让那些女性店员非常开心，没多久他就成了妇女们的偶像。

不过最近这家伙很反常。

渡边开始希望他不要说奇怪的话大概是在三个月前。川上孝一边炸肉饼边说道：

"假如你自己的事被人写进小说里，你会怎么做？"

这前所未有的严肃口吻让渡边不知道该怎么回答。这是玩笑吗？如果是玩笑，这时候是该装傻呢还是吐槽呢？

"自己的事能被写进小说里，是很荣幸的事吧？"

然而，渡边选择了最稳妥的回答。

"荣幸……吗？"

"感觉跟伟人传记差不多吧。"

"是这样吗？"川上孝一没有焦点的视线飘向渡边，继续问道，"但书里写的可是自己的事啊。指名道姓，详详细细。"

川上孝一的话匣子一打开就收不住了。如果是休息时间，那也许还能容忍他的话。但渡边的身份是店长，在工作场所私聊可不行。

"专心工作！"

渡边严厉地说道。这是第一次出现这种情况。川上孝一虽然在休息时间会搞怪，但在工作时很严肃。他是一个张弛有度的男人。

"自己的隐私会一个接着一个被公之于众啊。"

可是那天的川上孝一却没有收敛。下午休息时，他继续缠着渡边。

"感觉像是被人监视一样。家里是不是被装了摄像机之类的呢？不过也有可能是窃听器。之前也有过一样的事。某个女孩给我送了礼物，可是里面却有窃听器……说不定我现在的话也被窃听了。"

川上孝一凑向渡边，两人几乎要碰上了。"或许，店员里有内鬼也说不定。"

女店员很快也都知道了川上孝一的异常征兆。某一天，负责卖场 POS 收银机的百货商场员工向渡边坦白说可能是自己间接导致了川上孝一变成这样。

"时尚杂志《Frenzy》上在连载一部名叫《给你的爱》的小说。小说里登场的人物和川上先生同名，所以我就给他看了。结果第二天他就说了奇怪的话。说不定那就是原因。"

听了这话，渡边也去看了《给你的爱》这部小说。那是一部恋爱小说，里面确实有一个跟川上孝一同名同姓的人物登场。

"他是因为书里的人与自己同名，所以才变得很神经质吗？"

负责收银的女孩觉得这可能是自己害的，心里很过意不去。渡边用平常那句万能的"别放在心上"安慰了她。

"可是，川上先生不是有着纤细的一面吗？好像有种捉摸不透的感觉。感觉好像有点危险呢。"

危险？欸……原来女性对他是那种印象啊。在身为男性的自己的眼里，他只是个既合群又会搞气氛的帅哥。不管什么时候他都能带来欢笑，让气氛变融洽。

"就是这样才危险。感觉他一直在勉强自己。像是有过大的挫折和情结，为了治愈这些，所以才不停地恶作剧。也许是什么精神上的自残行为。"

不管怎么说都想太多了吧。渡边这样想道，但负责收银机的女孩继续说道：

"对于自己的隐私，川上先生不是绝口不提吗？就算聊到朋友家人之类的话题，他也从没提过自己的事。不仅如此，他还会用玩笑强行结束对话。他那表现绝对是在隐藏什么事。你了解川上先生吗？"

不，这么说来。除了履历里写的，其他一概不知道。履历，对了，川上孝一的履历上是怎么写的，招他做兼职的时候，应该仔细看过。

而且他起初是每周来上三个半天的班，为什么后来提出想每周来五次，还是上全天的班呢？当时人手不足，所以渡边没多想就答应了他的请求。

渡边突然觉得那个每天都跟自己一起炸肉饼的男人是个来路不明的家伙。

不过，如果抛开奇怪的言行，川上孝一还挺正常的，工作也完成得很好。他在炸肉饼时的侧脸和平常一样端正，连渡边也会有看入神的时候。

他的性格不赖，能说会道，而且还有这份容姿，渡边觉得很可惜。川上孝一应该能找到更适合自己的舞台。还是说他自己没有那个想法？

也许是吧。他很满意现在的生活，拿着所需的最低限度的收入，平平淡淡地过着悠闲的日子。川上孝一选择了这种人生。

渡边觉得他很像自己那位痴迷铁道的叔叔。叔叔五十多岁了，还没有固定工作，靠着日结的工作平平淡淡地生活。叔叔的收入几乎都投在自己喜欢的铁路模型上，虽然被亲戚疏远，但在渡边眼里他却熠熠生辉。渡边有时候会想，拥有值得追求一生的爱好的叔叔是多么幸福啊。有人为自己找各种各样的借口去做不想做的工作，回到家之后喝光便利店买来的罐装啤酒，然后躺到万年不叠的地铺上。叔叔的人生难道不比这种生活有意义得多吗？

也许川上孝一和叔叔是同一类人。他们把生活和人生献给爱好，认为劳动只是为了取得维持生命所需的最低限度的收入。那么，他的爱好是什么？

榛名美纱纪？

啊，这样啊。被人叫作信徒的狂热粉丝就是这样。渡边时不时偷瞄身旁的川上孝一的侧脸，消除了心中的疑问。

话虽如此。

迷上小说家倒是可以理解。作品发布之后一定要买阅读用、观赏用、保存用三本，如果出了文库本照样会买。就算是价格昂贵的单行本也照买不误。当然是买三本。有刊登随笔、专栏和访谈的杂志自然也要买齐三本。也许还有粉丝网站。其他网站也会一一浏览。如果发现有人说那位小说家的坏话，就会立即发动攻击。

理解，理解。这些还可以理解。

可是认定"自己的事被写进小说"是怎么回事？粉丝过于狂热就会说那种话吗？如果偶然和喜欢的女孩子目光对上，的确有可能产生"难道她对我有意思"的错觉，并沉浸在希望心想事成的幻想中。有时也会从对方无意的举止或语言中找出含义，认为"那人肯定对自己有意思"并沾沾自喜。这也可以理解。但前提是对方是自己身边的人。对于没有交集的人，不会有那种想法，因为对方不可能认识自己。

可是，如果粉丝过于狂热就会产生那种想法吗？

渡边仿佛看到那个看似正常的好青年胸中有一股癫狂的火焰正在熊熊燃烧，一个辛辛苦苦炸好的肉饼掉到了地上。

＊

"可是他的想法远远超出了我的想象。"

名叫渡边的青年继续他的证言。已经过了两个半小时，他的证言明显比田中编辑长，大概是因为直到案发的前一刻他都与被告在一起行动吧。渡边是唯一目击了被告在案发当天的心境变化的证人。

"那一天川上是晚班，上班时间是十一点到晚上二十点。不过他迟到了。他考勤的时间是十二点之后。由于没有打过招呼，所以我把他叫到休息室提醒他注意。"

＊

渡边轻轻敲了敲桌子。但川上孝一没有辩解，只是心不在焉地看向别处。

渡边期待着川上孝一会不会提出辞职。虽然他当上了店长，但却不擅长应付人事纠纷。如果可以的话，他希望对方能趁现在下决心辞职，这样一来对评估应该没多大影响。他可不想川上孝一搞出什么事，然后被总公司那边知道。如果出了那种事，店长就会被扣上监督不到位的帽子。虽然渡边一直找不出这行的价值和意义，但他一直都想顺顺利利地出人头地。尽早回总公司，进入策划部或广告部……这就是渡边的小小的野心。就算是为了实现野心也要想尽办法避免纠纷。

可是川上孝一的目光停在完全无关的地方，一副心不在焉的样子。渡边顺着他的视线看去。

原来是电视啊。

别人这么认真地在提醒他，他却在看电视吗？别瞧不起人啊。

渡边生气地再次敲了敲桌子。与此同时，传来了介绍"榛名美纱纪"的声音。是电视传出来的。

电视上正在播平常的综艺节目，是中午的固定直播节目。

"今天我们来到了作家榛名美纱纪小姐钟爱的地方。我们将在这里进行一番采访——"

电视屏幕上出现了一位女性的特写。这人就是榛名美纱纪吗？欸——就是她啊。说起来，那地方离这里不是很近吗？那个平平无奇的儿童公园就是她钟爱的地方？渡边把怒意抛到脑后，注意力集中到电视上。因此他没有注意到川上孝一目光的变化。等发现的时候已经迟了。"畜生"川上孝一低声的咆哮刚传进耳中，人就离开了休息室。

*

"我根本没想到他会直接去拍摄现场刺杀榛名美纱纪。"

证人的声音颤抖着。

"不过好在没有生命危险。除了榛名美纱纪的事，川上在其他方面是正常认真的好青年。他的粉丝心理极端化，引发了这种案件，我感到非常遗憾。"

证言结束后，证人看向被告席。泪水从川上孝一的脸颊划过。看到这一幕，麻衣子眼睑也在颤抖。麻衣子心中萌生了小小的决意。

又过了半个月。第三次公审，麻衣子作为证人站上证言台，为被告争取酌情轻判。

第一个问题是他和被告的关系。

"我是他的妻子。"麻衣子挺直腰答道，"我不会再逃避，也不会再躲藏了。得知案件的时候，我感到非常可耻、绝望，甚至想过这次一定要抛弃他。但我知道能救他的只有我，于是现在下定决心。我要陪这个男人共度一生。"

辩方律师提出了几个问题。麻衣子以回答问题的方式证明川上孝一的善良，讲述了他人有多好。最后她又说道：

"我会用我的一生好好监督他，避免今后再发生这样的事。"

她这样向法官求情。这是辩方律师教她的。但麻衣子从包里取出一张纸来代替了那番话。

＊

亲爱的阿孝收☆

为什么你就是不懂呢？（要惩罚你哦）阿孝和我的爱是命中注定的！谁都阻止不了我们的爱哦——当然，阿孝也不行！给阿孝写信发邮件都被无视了，所以我就写进小说了（呀——）阿孝，你无论如何都没办法无视我了吧？（肯定是这样的……好老套。）听说阿孝对编辑部发动了抗议攻击？你就那么爱我吗？（有点开心呢☆）可是，不能给编辑部惹麻烦哦（你可没资格这么说。）要攻击就直接攻击我，这可是命令哦！（趾高气扬）我把传真号码告诉你咯。一定要答复哦！

＊

"这是什么？"

法官睁大眼睛问麻衣子。

"这是发给我丈夫的邮件。"

"给被告的？"

"是的。我一直在替丈夫管理主页。啊，我丈夫的本职工作是单人演出的搞笑艺人。不过在开庭陈述中几乎没有提及。不过这也是没办法的事，毕竟他是名不见经传的新人。不过，会出演深夜的搞笑对抗节目，还挺有人气的。也经常给综艺节目热场，来摄影棚看我丈夫的粉丝也不在少数。不过现在，因为出了一些事，他暂停了搞笑的工作……因为女性问题……不过我丈夫一点错都没有，是狂热粉丝的骚扰式攻击让他崩溃了。我丈夫内心非常纤细。所以他现在才在休假。"

"证词请尽量简短。"

"好，对不起。虽然他现在还处于休息的状态，但为了让他随时可以复出，我开设了主页。我丈夫的粉丝们每天都会发邮件到那个主页上留的邮箱。管理邮件的也是我。粉丝中也有人会说奇怪的话，为了尽量不让那些话被我丈夫看到，我会进行筛选。在案发两天前，收到了刚才出示的邮件。是榛名美纱纪发来的。所以我往她写的号码发了传真。"

"内容是？"

"烦死了。消失吧。"

"是你写的，你发的？"

"是的。"

"发给榛名美纱纪？"

"是的。"

"那就是说，给榛名美纱纪发传真的人不是川上孝一，而是你？"

"是的。"

"那……到底是怎么回事？"

"简而言之，我丈夫说的都是真的。榛名美纱纪是我丈夫的狂热粉丝，她把我丈夫的事写进自己的小说和随笔，并加入了自己的想法。我觉得我丈夫是发现了那事，所以才会给编辑部打电话、寄信、发传真，再三要求停止这种行为。可是却没人搭理他，我丈夫天生神经质，他是真的崩溃了，所以表达手段才逐步升级。我认为拿刀刺榛名美纱纪也是神经衰弱导致的。榛名美纱纪钟爱的儿童公园就在我丈夫打工地点的附近，她还在电视上说什么'我的初恋就在这附近工作'，所以我丈夫才会失去理智。"

"哈啊……原来如此。可是，为什么你之前一直不说呢？"

"榛名美纱纪被捅之后，发来了一封邮件。我今天也把那封邮件带来了。"

*

亲爱的阿孝收。

阿孝你真是的，居然做出那么过分的事，原来你这么爱我啊。好开心（爆笑）有人说过小刀代表爱呢（是谁？），就算阿孝犯了法，我也想和你联系在一起（呀——）阿孝留下的爱的伤痕缝了三针哦。其实我不想缝上的，这可是阿孝赌上性命在我身上留下的爱的印记！可是，如果不缝合的话，我可能真的会死，所以我听从了医生的命令（了不起）。其实我希望这个伤不要治好。感受着这种疼痛，我就能感受到阿孝的爱，我幸福得都要晕倒了！（我要冷静）所以，阿孝也放心承担你的责任吧。不管在监牢里有多痛苦，都要想着我，忍受住，我也会忍着的哦！在没有阿孝的——名叫病房的白色监牢里。不过，这就是我们爱的牢笼哦，是我们究极的爱的体现哦，阿孝，最喜欢你啦☆

*

"读了这封邮件，我怀疑我丈夫是不是真的渴望与榛名美纱纪建立爱的监牢，所以才做出了那种事。所以——"

麻衣子语塞了。法庭中充斥着紧张感，像是有很多绷得紧紧的线。麻衣子沉默了一会儿，然后嘣地弹响了一根紧绷的丝线。

"可是，我现在觉得我怀疑丈夫是非常可耻的。我丈夫只是被榛名美纱纪不正常的求爱搞崩溃了。在旁听审理的过程中，我确信了这一点。如果榛名美纱纪没做出那些不正常的行为，我丈夫就不会做出这种傻事了，对吧？"她接着说道，"我会用我的一生好好监督他，避免今后再发生这种事。"

麻衣子以证人的身份结束了争取酌情轻判的职责。法庭里紧张的氛围渐渐缓和下来。

有效果。大概会判缓刑吧。判决在下个月。

麻衣子看向被告席的孝一。孝一也在看着她，一副要哭的表情。

没事的。再忍耐一下。

麻衣子带着微笑点了点头，就像一位慈爱的母亲。

法官离开了，检察官也离开了，孝一的手再次被铐上手铐。麻衣子靠向栏杆想要看清心爱的男人的脸。孝一在栏杆另一边对麻衣子说道。

"妻……子？"

"没事的，你别担心。我已经提交了结婚申请。公寓也和原来一样。我每天都会打扫。如果成功争取到缓刑，我就做顿大餐等你。"

孝一想说什么，但无情的法警催促被绑上腰绳的孝一快离开法庭。麻衣子不舍地扒着栏杆。

在法庭出口，孝一回过头对麻衣子说道：

"话说，你是谁？"

投 诉 狂

【投诉狂】指针对商品或服务，过度
强调自己是受害者，提出不合理要求的
顾客。该词原本是商家的行话，后来普
及开。分为纯粹找碴的病态型和以赔偿
为目的的恐吓型。

二〇〇六年（平成十八年）秋

"啊，好无聊。"G 百货商场员工食堂里活鱼卖场的大妈如狼嚎般叹了一口气，"真是无聊死啦。《给你的爱》暂停连载。明明刚写到精彩的地方，难以置信！"说完，她把时尚杂志《Frenzy》丢到了桌上。

"那个作者在附近的公园被人捅了吧？犯人好像是——"旁边的人说到一半被人打断了。

"不是啦，不是被人捅，是想殉情。"

"殉情？"

"肯定是那样的，不会错。"

"殉情吗？好浪漫呢！"

"话说，下次一起去那个公园看看吧。听说在那里念三次'给你的爱'，恋情就能开花结果。"

"真的吗？我去，我去！"

"先听我说，这边中标了。"原田小姐高举手机，开心地欢闹着，仿佛在叫大家往她那边看。

渡边拓也只是看了她一眼，然后把盘子放到了桌上。每次必点的肉片乌冬面泛起小小的波纹。

要是以前，他应该会说着"什么，什么"并积极地加入欢闹的人群中。原田小姐毕竟是这个百货商场负责销售的职员，与销售交流是租户店长的重要工作。可是他现在没那个心情。前几天，他第一次站上了证言台。自己的证言可能会左右一个人的人生，那份重担和紧张让他在前一天彻底失眠了。如果可以的话，他不想和别人的人生扯上太大的关系。当然，也不想和别人的生死扯上关系。那种麻烦事绝对不干。

从这一点来看，现在的工作——手工熟食连锁店的店长似乎很合适。毕竟商品是油炸食品和沙拉。而且，几乎都在工厂里完成了百分之九十的烹调工序，至于在店里要做的事，油炸食品就是调好油温，沙拉就是按照操作指南把满满的一包材料装上托盘，仅此而已。这工作就像在描绘单调的画，但正因为这样，未来才没有希望。自己进入的这家公司是食品行业的老字号，在全国有五十家店，也走向了世界，是家优良企业。只要没有野心，认认真真地做这份工作，拿到一份过得去的收入还是有希望的，将来回到总公司出人头地也不是不可能。不管怎么说，他都不想左右他人的人生。虽然他小时候很向往收入和社会地位都很高的医生和律师的职业，但他知道那些职业不适合自己。医生和律师是高风险高回报的职业。自己这种胆小鬼根本无法胜任。每个人都有自己的才能。与才能相符的职业才是最好的。

站上法庭后，拓也第一次为自己的平凡感到庆幸。平静的日常是多么的可贵。如果能够保住这些，就算是犯罪也在所不惜。

啊，本末倒置了吧？

"真的？中了那座闹鬼公寓的标？"

巨大的声音让拓也猛地一颤。肉片乌冬面的五花肉掉了下去。

那巨大声音的主人是火腿卖场的大妈。那开朗的声音在柜台很有效果，但在这里只是一惊一乍。拓也移开盘子以免午餐被火腿大妈的唾沫糟蹋，然后像平常一样撒上了辣椒。不过，辣椒几乎都撒到桌上了。右边食指上的创可贴害得今天许多事都不如意，真是丢人。早上炸肉饼也掉了三块。

"可是、可是、这房子不干净吧？不是说有幽灵吗？"

火腿大妈两眼放光，探出头看向原田小姐的手机。

"对对，有灵异现象。每天晚上都会出现穿着鲜红夹克的女鬼……"

"呀——"

"不过，是真的吗？"冷静地提出疑问的人是上野小姐。上野是通过劳务派遣到拓也的卖场来的。

"毕竟重要事项里都那么写了，总不会凭空乱说吧？通常可不会写明这种负面内容。肯定是自杀或者杀人之类的凶案现场。"

"呀——杀人！"

"好可怕——"

三位女性探出头看着手机。啊，好吵啊。

"多少钱中的标？"

"九百万日元。"

"靠近车站，四室两厅九十平方米，房龄六年，九百万日元？"

"而且这公寓是设计师的作品。"

"啊——好棒啊，买赚啦。"

"可是有灵异现象啊？"

"不过不在意那种事的人绝对会买的吧？毕竟按这一带的行情，这种条件可是不会低于四千万日元的哦。那里只要九百万日元！"

"不过。我可不买，不管多便宜都不买。"

不知何时，拓也的头伸到了那些女性那边。

看来话题是拍卖网站上标的公寓。那座公寓拓也也看过。上周也是在这个食堂，原田小姐把手机屏幕伸到拓也眼前说："你看你看。"她自称手机中毒，沉迷于浏览网站。一到午休和休息时间，就会像这样抱着手机不放，如果是特别有意思的事，就会与身边的人分享。"你看你看。这座公寓好像很糟糕哦。"这是原田小姐第一次给拓也看不干净的公寓。"连不动产都要拍卖了？"拓也当时很意外。"嗯，很多哦。不过没经验的人最好不要碰。实际上，参加拍卖的全是业内人士。"原田小姐开心地答道，"特别是这座公寓。既然介绍里提到有灵异现象，估计很不干净吧。这就是所谓的心理上的瑕疵房产。中标的应该也是不动产行业的人吧。如果转卖的话，不干净的事也能抹掉。"

看来她中标了那座"闹鬼公寓"。四千万日元的市价，用九百万日元买到，的确是赚到了。

"可是，感觉有点吓人吧？"穿着胸前印有"北海道屋"字样刺绣的女仆围裙的上野小姐看看这边，"不管多便宜，都不想买这种地方呢。是吧？店长。"

拓也轻轻推高同样印有"北海道屋"字样刺绣的帽檐，然后点了点头说："不想买。"

"说起来，我之前住的公寓——"

之后那些女性的话题又转移到了好几个有问题的房产上。

不过，亏她们能有这么多话题。

"啊——已经这个时间了，得回卖场了。"

穿着女仆围裙的上野小姐开始寻找透明塑料材质的收纳包。然后刷牙、补妆。等她回到卖场的时候大概已经过了十分钟，换班计划被她弄得一团糟。虽然每次都会提醒她注意，但她从来没改过。啊，要是自己这个店长迟到就糟了。拓也把盘子放回指定位置，然后重新戴好帽子。

那我也回去吧。

回到卖场后，他发现有两个穿着女仆围裙的人板着脸戴着手表。不是说过工作时间禁止戴手表吗？这点也没怎么改。就算提醒她们，她们也会顶嘴说："可是，现在早就到午休时间了啊。"

午休分三班轮换，十一点，十二点，十三点。但如果前面一班晚了，那后面的班也会跟着推迟。他看了看钟表，现在是十三点十五分，这推迟的十五分钟是第一批换班的人所致。估计第二次换班会再晚这么长时间，所以第三批的人要到十三点三十分左右才能吃上午饭。被迫饿肚子的女孩们一脸不高兴。

真是的，看样子那些女孩又要开始无聊的吵架了。感觉租户店长最重要的职责是管理那些派遣到这里的女孩，还有劝架。啊，真是的，这份工作要多无聊有多无聊。

不不，自己的才能就是这样。不要奢望太多。

去炸"北海道屋"有名的肉饼吧。今天是星期六，要比平时多卖点才行。进入用玻璃墙隔开的厨房后，拓也重新绑好了围裙的带子。

"不是吧！"

是上野小姐的声音。

还想着她终于回来了，结果已经开始聊天了啊。拓也隔着玻璃观察卖场的情况。

嗯？第三批的人还在吗？明明之前那么不开心。嗯？感觉情况有点不对劲。

"店长！"

拓也来到卖场后，上野小姐紧张地跑了过来。

"店长！说是发现了……"

"你说发现了什么？"

"我是说，刚才有客人投诉，说炸丸子里有异物！"

啊？

拓也的后背冒出了冷汗。他迅速用另一只手挡住了贴着创可贴的手指。不是，不是，不是我……肯定不是我。冷静，我要冷静，记住，这种时候要冷静。首先是向客人道歉。对了，越是这种时候越要按照指南进行处理。

"店长？"上野小姐压低音调，仿佛在劝慰慌乱的拓也，"不是啦，不是我们店，是隔壁卖的炸丸子。"

"欸？"

"都说了，不是我们店啦。"

走出员工通道时，早过了二十三点了。

今天一天真是够呛。就算没别的事，星期六的高峰时间也够忙了。可是却有人投诉商品里有异物，而且是"手指"。接着，G百货商场的地下食品卖场，从上到下乱成了一锅粥。警察啦媒体啦纷纷赶来，根本没法正常营业。

换作平时，会有推车低价出售剩下的生鲜食品和熟食给工作人员，但今天毕竟情况特殊，员工通道里一辆推车都没有。拓也的卖场也会把不能隔夜的商品拿到这里甩卖，但今天剩下的所有商品都处理掉了。数量十分惊人。考虑到星期六傍晚的高峰，店里从工厂进的货比平常多，但那些货几乎都扔掉了。今天的营业额还不到平常的一半。他打电话向总公司报告了情况。

"这也是没办法的事啊。居然会发生那种事。"

总公司里那个就算差一日元没达到营业目标，语气也会变得极其冰冷的销售部长今天也不追究了。

"可是这样一来，G百货商场的食品卖场客流会骤减啊。傍晚的新闻在报道时也用大得离谱的字幕打上'恐怖！裹着手指的炸丸子'。可是，为什么电视上'裹着手指的炸丸子'的字幕配的背景是我们的卖场？搞得好像出问题的是我们店一样。岂有此理。你也是，摄像机对着我们店的时候就该按住镜头，你要是有这点气概就好了，可你在电视上却是一副漫不经心的样子。"

说得倒是轻巧。要是真有人能在那种状态下去向摄影师抗议，那我也想见识见识。等我反应过来的时候，警察、媒体、看热闹的人和百货商场的高层已经把这里围得水泄不通，根本没办法气势汹汹地提出抗议。要是做出这种事，我马上就会成为焦点。估计反而会惹出事。

要说我能做的事，也就是老老实实地待在原地，提心吊胆地看着事态发展，不要引起别人的注意。我在专心观察四周状况的时候，就是那种漫不经心的表情。到底出了什么事？又是因为什么？可是，我完全搞不清事件的全貌，只知道"裹着手指的炸丸子"这个短语多次被人提起。

这一天实在够呛，累死了，好想喝啤酒。

在停车场找到心爱的MPV后，拓也疲惫地坐了进去。

*

第二天，百货商场和往常一样开了门，但不出所料，十分冷清。就算过了正午，到了下午三点，各卖场依然门可罗雀，真让人难以置信。这里只有媒体和警方的人。

"北海道屋的老板，可以打扰一下吗？"

听到白发的经理叫自己，拓也手中正在翻动炸肉饼的长筷子停住了。这位经理是地下食品卖场的总负责人，但平时挂在脸上的温和笑容已经消失了。

"接下来要开个会，你有时间吗？"

"有。没问题。开会……是关于昨天的事吗？"

"是的。真不好意思，连累到北海道屋了——"

经理灰色的眉毛轻轻挑起，视线指向了拓也的右手。拓也悄悄用左手遮住了右手食指的创可贴。

"哪里哪里——"

"那三十分钟后请到员工食堂集合。"

感觉会出大乱子啊。我继续把肉饼放进油里。一般来说，总会有几个路人被这个香气吸引，隔着玻璃投来目光。可是今天一个也没有。我也没了干劲。右手食指的创可贴还是那么碍事……该走了吧。

把炸好的三十个肉饼装盘后，拓也反复叮嘱售货员不能搭理媒体的人，然后往员工食堂去了。

比起普通的会议，食堂的氛围更像是股东大会。窗户前设了一个主席台，桌子都朝着主席台摆放。拓也迅速找到空位置，溜过去把自己隐藏好。

"总之先给我说明一下事情的大致经过吧？"

坐在拓也前面的穿着西装的男人用接近怒吼的声音质问道。看来是某家租户的总公司紧急派来的销售部人员。说起来，昨天的电话里提到，我们总公司的销售部长也会过来。

"大致经过是这样——"

白发的经理带着破音开始了说明。

有客人投诉说，特地来参加土特产展览会的熟食店之一"相模铺子"卖的炸丸子里有异物，好像是人的手指。购买时间是中午十二点零五分左右，可能打算趁刚炸好的时候吃，于是在百货商场前的露台大口吃了起来，结果发现不对劲。舌头碰到了一个硬硬的东西。客人吐出来一看，那东西好像是手指尖。

"然后客人当场进行投诉了吧？"西装男说道，声音仍然像怒吼一样。

"是的。"

"购买炸丸子的时间是十二点零五分左右，不会搞错吧？"

"是的。那会儿刚好是十二点的展示时间，直接买的现炸丸子，所以不会有错。"

蜷着身体坐在经理旁边的白衣人小声答道，那是一个初显老态的男性。他似乎是引发这事的熟食店的相关人员。

"客人一直在等丸子炸好，一炸好就买了。不会有错，我记得很清楚，因为客人催得很急。"

"进行现炸展示的罪魁祸首就是你吧？"

"罪魁祸首是什……"白衣男探出身子想要争辩，但被他身旁年轻男性制止了。"是的……"年轻男性小声答道。

"那个炸丸子是怎么做出来的？"

"我们进的原材料是工厂制造的冷冻半成品，按照操作指南炸出来的。"

和我们店一样。拓也松开了搭着的胳膊。

"有没有可能在制作过程中切断手指混到里面去？"

"不会……我……只是一个……现炸售货员……"

"不会的。"

白衣男邻座的年轻男性替他答道。看来他是熟食店的负责人。

"我们店的卖点是手工制作，百分之五十的制作过程是动手操作的。可是经过确认，别说是切断了，连受伤的员工都没有。"

"那配送过程呢？"

"实在无法想象在配送过程中会混入手指。因为出产的半成品是密封好的，配送仅仅是搬运而已。"

"那现炸演示的过程呢？"

"那也完全不可能！"白衣男鼓起劲站了起来，"你们看！十根手指都好好的！"

接着那名男性张开双手高高举了起来。他充血的眼睛红通通的。肯定是因为昨天没睡吧。那也难怪，如果自己的处境和他一样，肯定也睡不着。

"也就是说，原本是不可能会有手指混进去的，对吧？"

"是的。"

"那为什么里面会有手指呢？"

这声音很熟悉。他循声看去，原来是北海道屋总公司的销售部长。不知道什么时候部长已经到了。

"你害得我们的商品形象都受到影响了。有的客人误以为裹着手指的炸丸子是我们卖的，从昨天起电话就一直响个不停！"

"对不起，实在对不起。"白衣男和熟食店的负责人一个劲地低头道歉。

"那投诉的实际时间是几点？"西装男继续质问。

"时间是……"白发的经理啪啦啪啦地翻着笔记本。

"应该是十三点三十分左右。"回答的人是拓也。

会场的目光齐刷刷地集中到拓也身上。我在干什么啊！拓也闭上了自己的嘴，但已经晚了。销售部长用目光向他施压，仿佛在叫他快闭上嘴，别说多余的话引人注目。

"啊……没错没错，十三点三十分，对，一点半。"经理看着笔记本点头说道。

"嗯？我确认一下，客人是在露台吃炸丸子的吧？"西装男说道。

"是的。"经理回答。

之后，西装男和经理继续问答。

"那接到投诉前，露台那里有发生骚动吗？"

"应该没有。"

"嗯？是不是有点反常？十二点零五分买了炸丸子，马上就在百货商场的露台吃了。那……客人最晚也会在十二点三十分左右吃到有问题的炸丸子吧？这时候通常会当场发现手指。可是，投诉的时间却是十三点三十分，隔了足足一个小时。一般情况下是马上去投诉，或者是稍微闹一闹，又或者是直接晕倒，然后旁人叫来救护车。要是我发现吐出的东西是手指，应该会当场晕倒，然后被送到医院吧。"

会场变得嘈杂起来。

"那客人一开始是找哪位投诉的？"

"客人喊着'手指，里面有手指'，冲进了卖场。然后我就急忙跑过去了。"

"那是十三点三十分左右吗？"

"是的。"

"客人那时候拿着那根手指吗？"

"是的。"

"当时什么情况？"

"就是叫着'手指、手指'。"

"嗯——感觉不合常理啊……确认一下，当时客人是怎么拿手指的？"

西装男继续追问，看样子有点像媒体或警方的人。这男的是什么人？

"他是 G 百货商场总公司处理投诉问题的资深专家。"

邻座的火腿大妈小声对拓也说道。虽然她是短时间的兼职，但却是火腿卖场资格最老的，职位也与店长类似，所以才会被叫来吧。

"那个男人大概是所谓的职业打假人。是第三方伪装成客人，故意夸大宣传的。"

"这是怎么回事？"

"也就是说裹着手指的炸丸子这件事是恶意投诉狂用恶劣的手段找麻烦。"

"投诉狂？"

"对。虽然没投诉过这家店铺，但那人好像在百货商场闹出过好几个事，还上了黑名单。警察也证实了这一点。但就算是这样，指责她是'投诉狂'并加以攻击只会让事态恶化。毕竟敌人已经开过记者招待会，并大肆宣扬自己的正当性……"

那场记者招待会，拓也也在昨晚的新闻上看过。说是招待会，但其实就是叫几个记者到自己家围坐下来，回答他们的提问，本来应该打上马赛克的脸都看得清清楚楚。看来那人对自己受害者的处境很有自信。

"还说要提赔偿要求，那人真强势啊。那就要投诉处理部门登场了。"

"原来那个大妈是投诉狂……"

"总之百货商场方面希望形象不会受到影响。不过现在已经晚了。从今天的客流来看，估计目前营业额已经受到了巨大打击。啊，我们店卖的是生鲜，影响相当大。头疼啊。"

"顺带一提，在美国——"西装男一下来劲了。终于要到高潮了吗？

"据说在美国有主妇起诉快餐连锁店的辣椒汤里有手指，那个主妇因恐吓的嫌疑而被逮捕了。我感觉非常像这次的事件。我怀疑是模仿犯。你们怎么看？"

"不，这个——"

"那个进行投诉的客人是个什么样的人？"

"是个五十多岁的妇人，住在东京都的公寓里，坐电车到这里大概十五分钟。"

"职业呢？"

"说是无业。"

以会议名义召开的 G 百货商场方的宣传会持续了差不多一个小时。大概媒体和警方也被叫来了吧。拓也现在才想通了这场会议的意义。

"毕竟没法置身事外。"

总公司的销售部长把拓也带进休息室，严肃地叮嘱道："干我们这行的，就算是一根毛也能把我们压垮。就算那是自导自演，故意找麻烦的投诉，就算我们一点错都没有，也会有不好的传闻。恶评才是我们最大的敌人。"

"是。"

"所以，渡边你也要铭记在心。"

"是。"

"还有。我们要趁还没有引火烧身，撤回 G 百货商场的门店。"

"欸？"

"你会调回总公司上班吧。这两三天内就会下正式的委任，在此之前先照常营业，拜托了。不过可能会有不少麻烦事。"

能回总公司？

这简直是天上掉馅饼，拓也拼命控制住快要露出媚笑的嘴角。

*

"所以，说不定我可以留在总公司上班。"

拓也说道。

"哎呀——不错嘛。"

一个巨大的声音飞了回来。

真是的，老妈的声音还是那么大啊。拓也把手机稍稍拿离耳朵，然后说道：

"所以我有可能要搬家。"

"总公司是在六本木？离你住的地方很远吗？"

"嗯，从我这里坐中央线到新宿要花五十分钟。至少要搬到中野或者高圆寺一带才行。"

"是啊，是得搬。既然住在东京，那就尽量住在繁华一点的地方吧。现在的地方太不方便了。"

"嗯。毕竟是公司给我准备的公寓，没什么好抱怨的，我刚被带到这里的时候，脑子一片空白。毕竟开车到最近的车站要三十分钟，走去最近的公交站也要二十分钟。"

"搬了吧。要是搬家的钱不够，妈妈也会帮你的。"

"谢啦。太好了！"

"喂，喂……话说，G百货商场不就是你现在工作的地方吗？好像很够呛呢。"

啊，我就知道，她已经听说了吗？不愧是喜欢看综合节目的老妈。拓也坐到万年不叠的地铺上，然后喝了一口罐装啤酒。

"哎呀。不过，没关系，反正和我无关。"

"是吗？电视上现在还在放呢。十点的新闻。"

"欸？真的？"

他从被子下找出遥控器，按下电源开关。

十点的新闻。屏幕上是熟悉的背景和人物。啊，这就是 G 百货商场的地下食品卖场。给特写的不还是"北海道屋"的卖场吗？而且连售货员都拍进去了。啊，上野小姐。喂喂，上野小姐，什么？她在接受采访？我明明千叮咛万嘱咐，叫她不要搭理媒体了。就算打了马赛克，我也能认出来。

"——我休息完回来的时候应该是十三点三十分，在把私人物品放进指定抽屉的时候，听到有人喊'手指！'……"

虽然声音也做了最大限度的处理，但我听得出来，不会错。

原来如此啊。无论怎么隐藏身份，熟人一下就能认出来。

"不过没事的，反正这事和我们店无关。"

简短地总结完后，拓也把手机丢到了被子上。

电视上继续播放着裹着手指的炸丸子事件的特辑。现在介绍的是发生在美国的类似的辣椒汤事件。拓也按下遥控调高了音量。

看来人们对"裹着手指的炸丸子事件"的认识，会往投诉大妈自导自演的方向倾斜。今天的会议，应该说是宣传会似乎奏效了。

"女性从购买炸丸子到进行投诉隔了一个小时。这个时间差确实耐人寻味。"

主持人皱起眉头，仿佛在提醒观众注意，接着，记者也露出了疑惑的表情。

"那位女性在采访时回答'这事太可怕，对我的冲击太大了，我不知所措地回了一趟家'。"

"原来如此。可是，这样一来，手指本身就是问题了。"

主持人用圆珠笔咚咚地敲着桌子对记者问道：

"那根'手指'到底是谁的呢？"

嗯，对，这是关键。如果是大妈自导自演的，那手指又是从哪弄来的？

"我觉得你说得对，'手指'的来源是这件事的关键。顺带一提，被怀疑自导自演的女性态度很强硬，表示：'那你说这到底是谁的手指？我又是怎么拿到手指的？'"

"那名女性始终坚持炸丸子里面有手指呢。可是据说商家不可能混入手指。"

"是的。双方各执己见不互相让，目前警察正在鉴定手指的详细情况。"

"原来如此。那要等鉴定的结果了。"

之后评论员继续说着无关痛痒的话，话题转入了下一则新闻。

就是啊。问题在于那个大妈是从哪弄到手指的。美国那个案例是什么情况呢？拓也把桌上的笔记本电脑拉近万年不叠的地铺，快速输入"手指、辣椒汤、美国"进行搜索。

嗯？怎么回事？感觉有点不对劲。拓也看向键盘上的十根手指，寻找不对劲的地方。

咦？创可贴。

创可贴没了。

指甲、手掌翻来覆去地找了又找。可是没有创可贴。

原本贴在右手食指上的创可贴不见了！

用手指碰了碰，确实有黏黏的残留物，这是贴过创可贴的证据。

两天前，像平常一样切到指甲略深的地方时，手一抽，弄伤了右手食指的指尖。当时伤得不轻，于是贴上创可贴做了应急处理。

没了！

后背流下了冷汗。

别着急，别着急，慢慢想。最后看到创可贴是什么时候？那个——对了，是昨天中午往肉片乌冬面上撒辣椒的时候。记得当时创可贴还在。然后，然后。啊，对了，今天开会前在炸肉饼的时候也在。嗯，没错。

拓也在脑中回忆自己这两天的行动。

那把炸好的肉饼装盘的时候呢？

没印象，完全没有创可贴的记忆。

难道是在装盘的时候从手指上脱落了？

摆炸肉饼的时候要用手。否则没办法摆整齐。这也是按照操作指南做的。当然，是戴着隔热手套。对了对了，也许是摘下手套的时候，一起剥下来的。这么说来，是在手套里面吗？还是说……

不，难道……

不会的，冷静。对啊，按理说应该是在手套里面。掉到盘子里的概率很低，就算真掉进去了，也应该会发现的。

真的吗？今天客人比较少，注意力不够集中。而且我急着赶在开会前搞定。啊，对了。我记得有换过一次手套，因为发现手套脏了。如果创可贴在那个时候掉到盘子里，然后又被炸肉饼压住的话。刚炸好的时候还很烫，创可贴应该很容易粘到炸肉饼上吧。难道……粘着创可贴的炸肉饼，拓也脑中出现了这样一个巨大的新闻标题。

*

翌日，虽然是晚班，但拓也八点前就赶到了卖场。

"咦？店长。"

早班的上野小姐看到了拓也，她刚打开包装把沙拉装上盘子。接着，她"啊"了一声，身体微微一晃，匆忙戴上了纸口罩。

"没事，我只是不放心昨天的营业额有没有向总公司报告。"

拓也边说边朝洗涤槽走去。蓄着消毒液的洗涤槽里，抹布、夹子、长筷子之类的东西吧嗒吧嗒地飘着。那手套也在。

"营业额？已经报告过了哦。我看过了，没问题，你放心吧。"口罩里传出低沉的声音向拓也打包票。

"真的？那就好。"

拓也悄悄从洗涤槽里捞起了隔热手套。总之，外侧没有那个东西。把内侧翻出来看看。没有，好，这里 OK。那么，另一只隔热手套……

"啊、店长，不好意思。那些我现在去做。"

"不用了，今天我来。"

在消毒液里泡了一晚的用具要放入"北海道屋"特别定制的餐具干燥机，快速烘干。这是早上的第一项工作，但看样子今天早班的人是忘了。

"话说，隔热手套应该还有一只。"

"啊、那只——"上野小姐答道，"怎么也洗不干净，所以我扔了。"

"扔了！"

"是、是的……"拓也的声音突然变大，吓得上野小姐战战兢兢地往后退去。"不、不能扔吗？因为操作指南上说清洗后仍有明显污渍的物品要处理掉……"

"不是不是，不好意思。没事，这样就好，别放在心上。"

没错，别放在心上。拓也对自己说道。

对，是我想太多了。创可贴不可能会粘到炸肉饼上，是我杞人忧天了。

没错没错，所以别再多想了。专心工作吧。要不然会出现不必要的失误。集中精力，专心工作吧。回总公司的机会不是就在眼前吗？

"话说，我昨天去开会之后卖了多少炸肉饼？"拓也又变回了平常那副店长的样子。

"啊，想不到那之后很快就卖完了。虽然客人很少，但有个人买了二十个。"上野小姐边装三文鱼沙拉边说。

"欸——这种时候买了二十个，真难得啊。"

"是个老爷爷，感觉非常文雅。还鼓励我说出了这种事，很辛苦吧，加油。"

虽然今天是那件事过后的第二天，但百货商场还是很冷清。昨天的新闻报道说裹着手指的炸丸子自导自演的可能性很高，但目前完全没见效。各店面的租户都发出了"啊，果然已经不行了啊"之类失望的叹息。

"恶评才是我们最大的敌人。"

到了现在，他才深刻地认识到销售部长这话的含义。

不过就算一直这样没有客人也没关系，拓也心不在焉地想道。要是恢复生机的话，搞不好就没必要从 G 百货商场撤退了。要是那样，就会失去回总公司的机会。

如果可以的话，他想穿上西装，仪表堂堂地在总公司大楼上班。住处也是，他想逃离这个骑自行车去最近的便利店都要十五分钟的乡下。现在这样就跟老家一个样，不，还不如老家。虽然住址也有"东京都"三个字，但那种地方根本不能算东京。

在拓也心里，东京应该是个纷繁的花花世界。在这样的城市里无论是车站、商店街还是出租录像店都可以徒步过去，或者是在当电车经过都会晃动的沿线位置，游戏中心和弹珠店的霓虹灯牌的光亮会从窗帘的缝隙透进来，让人二十四小时无法入眠，虽然纷繁复杂但只要住进来就舍不得离开。那才是拓也这个连大学也在本地凑合的，土生土长的地方人的憧憬。

好。如果去总公司上班，第一件事就是搬家。西装也换身新的吧。然后鼓足干劲工作，一定要走上人生巅峰。接下来，三年后去新加坡分公司，五年后去纽约分公司，十年后回到总公司，分配到广告室，也许当社长也不是梦。不，再怎么说这也只是奢望而已。总之，当个广告室的室长就行。

好。在不动声色地握紧拳头的同时，肚子叫了起来。啊，这样啊。早饭还没吃。因为早上急着赶过了来，话说，为什么那么着急来着？

他从围裙口袋里拿出手表一看，十二点零五分。第一批午休的人差不多会回来换第二批了。会回来吗？他探出头往卖场看去，上野小姐已经把透明塑料的收纳包从收银机下面的抽屉里拉了出来，好像已经等不及了。一个客人过去跟上野小姐说话。客人和上野小姐说了两三句之后，往拓也的方向看了一眼。

"有位客人说想见店长。"

上野小姐抱着塑料包来到了拓也身边。

"什么人？"

"是昨天买了二十个炸肉饼的客人，说是想谈谈炸肉饼的事。"

一股寒意顺着拓也的后背蔓延，创可贴的记忆以及围绕着它的担忧突然苏醒了。

"昨天的炸肉饼？"拓也的声音迅速泄了气，之前的干劲仿佛都是骗人的。

"对。"

"嗯，我知道了。"

"那个……"

"什么事？"

"虽然第一批还没回来，但我可以先去休息吗？"

"欸？嗯，去吧。"

拓也心不在焉地答道。

上野小姐摘下头上的三角巾，然后塞进塑料包里，跑到在卖场外等待的火腿大妈身边说："让你久等啦。"

那人站在旁边的柱子的阴影里。跟上野小姐说的一样，他看上去像是一位文雅的老绅士。

老绅士礼貌地弯腰问好，然后压低声音说道：

"最近老出大事，所以我想尽量大事化小。"

"这话什么意思？"

"我昨天买的炸肉饼里——"

冰粒一样的东西猛地顺着拓也的脊梁滚了下去。

"可以换个地方聊吗？请去停车场入口等我，我马上就到。啊，是员工专用的停车场，就是百货商场后面右侧的空地。请去那里等我。"

确认老绅士离开之后，拓也回到卖场，从私人物品存放处的抽屉里拿出车钥匙和手机，告诉那些售货员："那我去休息一下。""欸——第一批还没回来呢。"售货员们小声的抱怨传进了拓也耳中，但现在那事无关紧要，这边的事更严重。

那个老爷爷是来投诉的。昨天的炸肉饼果然粘上了创可贴。这算什么？这算什么？好不容易看到了曙光，这算什么！走投无路，粘上创可贴的炸肉饼会闹出大新闻，毕竟刚爆出裹着手指的炸丸子的事。媒体会用"恐怖！

炸丸子之后是炸肉饼！日本的熟食业怎么了？"这类吸引人的标题大肆宣传。而我也会被打上眼部马赛克登上媒体，不管是只遮挡眼睛还是全部打上马赛克，认识我的人都认得出来。"啊——是渡边！还以为被东京的企业录用有多了不起，结果是在卖炸肉饼啊。而且还是粘上创可贴的炸肉饼！那家伙一向如此——"老家的同学们会用这类话来嘲笑自己，而毕业相册也会被曝光。咦？我在毕业相册上写了什么来着？呃——小学的时候写的好像是"长大后要在朱莉安娜迪厅跳个痛快！"初中的时候写的是"终于毕业了，超 very good！"啊，丢人，丢人，这人丢大了！"那家伙好蠢啊——"匿名论坛上也会有人这么发帖说"实在太蠢了"，成为家庭主妇茶余饭后的谈资。这些倒还好，如果被公司开除，那就是影响生活的问题了。虽说经济在复苏，但没多少公司会雇用受到过开除处分的人。何况自己既没资质也没技能，谁会雇这种男人啊？要说肯要我的工作，估计只有短期的兼职和日结的工作。那如果回老家呢？啊，不行，会遭到所有亲戚的白眼。铁道迷叔叔也一样，只是因为没有固定工作，他们就连法事都不给他做。这么说来，叔叔还真厉害啊，连亲戚都把他当怪人，疏远他，可他却是一副满不在乎的样子。有爱好的人内心果然强大。我也应该培养一个爱好的，可是我没什么特别喜欢的东西。原来我连怪人都当不了，没有任何长处和个性，我这种平凡的人不管在什么地方工作，最适合的都是普普通通地过日子。然后等到机会幸运地眷顾时，就心怀感激地趁机实现小小的飞跃。如果多来几次，就能得到一份还不错的幸福。可是，如果错过机会，就会被幸运女神抛弃。

　　所以，我一定不能放过这个机会。我要回总公司。

　　"在这里，我们可以慢慢聊。"

他让老绅士坐到副驾驶座上，在百货商场附近的公园停下了车。这里一般不会有人。确认没有人影后，拓也说道。

"你要说的是什么？"

"关于我昨天买的炸肉饼。"老绅士静静地笑道，"那里面……"接着从上衣口袋里拿出了一个用手帕包着的东西。

拓也做好了准备。

"这是炸肉饼里的——"

老绅士把用手帕包着的东西递到拓也眼前。

拓也缓缓地解开了围裙的带子。

*

"欸——为什么今天换了别的频道？"

食堂电视的频道和平时不一样，所以火腿大妈发了牢骚。

"我就是想看那部电视剧才急急忙忙赶来的。"失望透顶的上野由里香把盘子放到桌上。

"告诉你们个事，你们可别传出去啊。"百货商场的员工原田小姐压低声音说道。见火腿大妈把头伸向原田小姐，由里香也跟着伸过去。

"听说炸丸子那事有新进展。所以食堂和休息室从今早起就一直开着新闻频道。"

"什么新进展？"听到火腿大妈的问题，原田小姐用眼神指了指电视："啊，记者招待会好像开始了。"

重大进展！裹着手指的炸丸子确有其事！

占据了屏幕大部分区域的字幕消失后，面无表情的播音员淡淡地读起了原稿。

最新消息，G百货商场地下食品卖场销售的炸丸子中出现人类手指的事件中，手指是工作人员在制作炸丸子时被切断并混入其中的。切断了手指的工作人员供述自己因为担心出问题，所以隐瞒了事实。G百货商场和制作销售炸丸子的"相模铺子"认可该结果并召开记者招待会公开道歉。

"欸——"由里香叫道。那声音大得连她自己都被吓了一跳，但食堂里充斥着各式各样的"欸——"声，所以没有引起别人的反感。

"直到昨天我都以为这肯定是自导自演的。"火腿大妈叼着叉烧面的叉烧，"这样一来，我们百货商场肯定会遭到严厉的指责。毕竟把善意的客人称为投诉狂。"

"就是啊，现在被媒体逼得很紧啊。"员工原田小姐叹了口气，用筷子夹起了每日套餐的炸鸡排。

"我得联络事务所，让他们派我去其他地方工作才行。感觉北海道屋可能会从这里撤退。"由里香静静地喝了一口中华套餐的蛋汤。

"我也不得不找别的活儿了……"火腿大妈这话让原田小姐很沮丧，"我会很寂寞的。真的很遗憾。"

"啊，比起那事。"火腿大妈停下了筷子，"有个老爷爷来找北海道屋的店长。没事吧？"

"欸？"听到这话，由里香的筷子也停住了。

"最近一段都没见到那个人，他可是有名的投诉狂哦。要小心哦，那人脑子不大正常，可不能用正常的做法对付他。"

"哈……"由里香把筷子插进了中华套餐的干烧虾仁，一副反正已经和我没关系的态度。

*

拓也紧绷的身体终于松了下来。可是，手指僵硬，总也解不开带子。

转瞬间。

"不，等等，应该那么做吗？我的人生会毁掉的。值得赌上我的人生吗？"没有时间给他权衡深思。估计古今中外的杀人犯几乎都是在这种被逼到走投无路的状态下，为了逃避压力而冲动地杀人吧。

牛仔布围裙的带子比他想象中更结实。拓也的手上也出现了好几道细细的蚯蚓般的肿痕。

得处理掉这具尸体才行。

拓也用余光看着口吐白沫，尿湿裤子，瘫倒在副驾驶座上的老人尸体，他在每个杀人犯都会遇到的难题面前转动脑筋。

抛尸？掩埋？弄到哪里？没人会去的山里。

拓也启动了母亲买给自己的 MPV。

*

"那个老爷爷以前每天都会出现，他会为无聊的小事花好几个小时来找麻烦。"

"找什么麻烦？"由里香问道。

"都是无聊透顶的事。"火腿大妈皱起了眉头，"就拿炸肉饼来说，他会说咬到肉馅的硬块导致假牙脱落之类的。"

"呜哇，真的是故意找麻烦呢。"

"如果这时候经理说'那我们就法院见吧'，他立马就不见了。可是，裹着手指的炸丸子爆出来后，害虫估计又出动了。也许他觉得现在会有人认真听自己投诉……真是个寂寞的人啊。"

火腿大妈接着说道。不愧是君临地下食品卖场长达十年的活字典啊，由里香和原田小姐互相对视一眼。

"如果太烦人的话，最好的办法是说'那就法庭见'，他应该马上就会退缩。"由里香坦诚地接受了火腿大妈的忠告，"我知道了，我会告诉店长的。"

"咦，话说，没见到店长呢。要是在平时，他会坐在离我们很近的地方，笑嘻嘻地听我们聊天……咦？"

火腿大妈把脸凑近由里香的后背。大妈提起了女仆围裙褶边的褶子。

"怎么了？"

由里香转过头，看到那里有个圆圆小小的脏东西粘在上面。

"哎呀，这是什么？是什么时候粘上去的？"

"是创可贴。"火腿大妈把那东西从褶边里拿了出来，"这不就是之前店长贴在手指上的吗？为什么会在这里？难道上野小姐和店长……"

"讨、讨厌，请别乱讲。唯独这事绝对不可能，你千万别乱讲。那种消极主义、没有立场、废话连篇的小吏，我绝对没兴趣。那类人肯定会犯下某种错误，然后做出不得了的事。万万不能被那种人牵连。"

由里香从火腿大妈那里拿过创可贴，把它揉得更圆，然后用纸巾包住，丢进了吃剩的干烧虾仁的盘子里。

卡里古拉

【卡里古拉效应】指如果某种行为被禁止，反而会不自觉地想去尝试的心理状态。比如听到别人说"绝对不能看"之后，反而想去看的心理。该词的英文为 Caligula，源自电影《罗马帝国艳情史（*Caligula*）》，该片在部分地区被禁止上映，也有人反复呼吁"不能观看。"这反而使得该片成为话题，大受欢迎。

二〇〇八年（平成二十年）秋

"没发生奇怪的事吧？"

"欸？"

"没有。笔记本不知道掉哪去了，你的住址和电话号码之类的也记在上面，所以有点担心。比起那事——"

电话是留美子前辈打来的。

"热水器坏了。"前辈提高了嗓门。

现在是十一月中旬，这秋高气爽的休息日午后和前辈那刺耳的声音完全不搭调。"怎么了？"我有些慌张地顺着前辈的话往下说。

她是我以前的同事，虽然同龄，但我被招进来的时候，她已经入职两年了，所以是工作上的前辈。五年前离职的时候她对我说："以后对我说话不用那么客气了。"但除了"前辈"也不知道叫什么好。一旦养成习惯就很难改了。

"我正在冲热水澡，结果温度突然变低，成了凉水。"前辈继续说道，"我一看热水器的遥控器，发现图标和温度指示彻底不亮了。关了总闸重新开也没用。不过倒是有前兆，那是在两周前——"

看来一时半会儿聊不完，于是我把听筒换成子机，回到了摆着电脑的办公桌前。得先把文件保存一下以防万一，我把手指放在 Ctrl 和 S 键上。

"然后公寓物业的负责人给我打了电话。"前辈从两周前的事开始说起，"说是已经确认是房子漏水。"

听到漏水一词，键盘上的手指停住了。居住者的疏忽导致水吧嗒吧嗒地漏到楼下的图像在我脑中浮现。那是财产保险的宣传册里的图。那张图太过吓人，我买下这公寓的时候迅速上了保险。不知道前辈怎么样，前辈也住在分售公寓里。

"要赔钱吗？"我问道。

"不用，说是对楼下没影响。"

"那就好。水是从哪漏出来的？"

"说是外面的管线盒。就是装水管、电表、热水器的那个盒子。"前辈提高声音，像独裁者的演讲一样继续说明，"管线盒漏的水不多，所以现在的影响还不大，但迟早要处理，可是还不清楚原因，所以想找专业的人来看看。听到负责人这么说，我回答当然可以，请叫人吧……请你快去叫人。然后负责人说因为不是公摊部分，所以要进行确认，修理的报价也要问一问……"

"报价？难道修理要自己负责？"

"因为是独占部分，所以应该是这样。"

独占部分，不能置身事外。我换了个姿势拿手机。"修理……要花多少钱？"

"按那人的说法，如果问题出在水管上，换管道得花几十万，就算是换零部件也要好几万日元——"

"数十万！修不起，太贵了，修不起啊！"我大声叫道，仿佛是我自己的事。

"可是，因为是独占部分。"

"可是，可是那是水管吧？不算公共部分吗？"

"不算，因为是独占部分。"

"保险呢？"

"因为是独占部分。"

"怎么这样，连原因都不清楚，就一口咬定是独占部分是什么意思？总之必须弄清原因才行。"

前辈听到我这话，说道：

"嗯，所以我也是强硬地这样说的，然后挂了电话。可是，挂掉之后我后悔了。对方也是个人，对于脾气不好的人，也许会在背地里使坏。说不定对方会绕点弯子化简为繁，或者做一些多余的事尽可能地让我出血。这时候就该打感情牌。电话接通后，我用有些颤抖的声音说——"

前辈像腹语人偶一样声音突然一变。

"——刚才的事真不好意思，我实在太吃惊了。今年我家的空调、洗衣机一个劲地坏，实在花了太多钱了。现在水管的维修费居然要数十万……我是实在拿不出来，不行的话我就只能上吊啦。您能不能帮帮忙，把费用控制在最低限度。说不定还能找保险理赔！"

"欸？话说……你的空调和洗衣机也坏了？"

"我没说过吗？哎呀，害惨我了。特别是洗衣机，在要洗涤前坏了，到处都是泡泡。然后我马上赶去电器店，既然要买干脆就买流行的滚筒式。滚筒式真好用啊，特别是烘干模式——"

"别提那事了，先说漏水。保险呢？会赔吧？"

我把越扯越远的话题拉了回来。比起洗衣机，我更想听保险的事。

"嗯。不过很微妙。我找出火灾保险确认条款，发现了水管维修费用保险金的字样哦。如果适用的话说不定可以用保险金来支付维修费。"

"那剩下的就取决于损坏原因咯？"

"对。所以我也叮嘱那人'请务必弄清原因，拜托你尽量找到可以不让我负担费用的原因'。然后那人也同意了，还说会尽量想想办法。不过那人的声音里带着几分同情。"

"眼泪战术成功了呢！"

"话说，眼泪战术这个说法太难听了。"前辈叹了一口气，然后声音一下子没了劲，"就结果来说，原因是热水器。热水器坏了，水就是从这里漏的。接下来就说来话长了。啊，等我一下下哦！抱歉，抱歉，水好像开了。"

"啊，那热水器修好了吗？"

"没有。我在厨房烧水，然后再拿去浴缸，打算用这水来泡澡。"

"在厨房烧水泡澡？这样不是很费事吗？"

"很费事啊！虽说锅和烧水壶全体出动，不过也很难灌满浴缸。我已经烧了近两个小时了。"

我本想问怎么不去澡堂，但还是算了。前辈有洁癖是公认的，就算去温泉也只泡房间里的温泉。而且被害妄想也很严重，谁知道公共澡堂里会有什么人，她肯定不会在那种地方露出裸体。那我呢？澡堂啊……果然还是有抵触。如果处境和前辈一样，自己会怎么做呢？我往厨房走去，子机依然贴在耳边。水龙头的把手往热水的一侧按下，没几秒就升起了蒸汽。嗯，没问题。

"真是的，感觉今年都没好事。"前辈依然没什么劲，她用粘糯的声音继续抱怨，"虽然占卜的结果说我现在是上升期。上周也是，我找人做了灵能占卜，结果说我被附灵了。难道是穷神吗？"

附灵啊。我回到办公桌前，快速在电脑上打字。

附灵。

嗯。这样一来就凑齐了五十个关键词。

"咦？难道你在工作？"前辈说道，看来敲键盘的声音传到了那边。

"欸？啊，没关系。我老找不到状态。"

"你现在从事什么工作？"

"……是恐怖题材。"我悄声说道。

"恐怖？"

"是啊。这次要做恐怖题材特辑，让十位作家写短篇，我得考虑一下备选题目才行。"

"欸——好像很有意思呢。我还是老样子，跟枯燥的学术书打交道。我也好想转职啊。我想写小说，恋爱小说。我是榛名美纱纪老师的铁杆粉丝，她在《Frenzy》上连载的《给你的爱》是神作呢，真的好棒。据说是根据真实事件写的，感觉更棒了。可是，我一开始不相信那是真实事件。可是啊，我在网上看到了美纱纪和孝一的亲密照哦！啊，真让人陶醉啊。真实的恋爱故事……好感动。所以，那个事件发生的时候我真的很担心。好在能恢复连载。不过那个名叫麻衣子的女人简直没救了。脑子不正常嘛……啊，我也想搞文学。真的好羡慕你啊……其实我也在认真考虑转职的事。"

我从专做学术书的出版社转到了现在的策划公司。前辈每次都会羡慕地对我说："真好啊，好像很有趣呢。"不过那是真心话吗？我现在的工作确实很有趣。更重要的，这是我想做的事。不过，加班多了，收入却少了。虽然是在知名出版社的文学部门工作，但我是策划公司的派遣员工，所以待遇不高。编辑部里的很多人都把我当助理使唤。虽然让我负责几位作家，但我总觉得他们是在欺负我，不，明显是在欺负我。特别是坐我前面的那个打工的。"但也不错了吧？毕竟只要在那个出版社工作，就能有不少人脉。你打算以后当自由编辑吧？"虽然前辈这么说，但他们一直把我当助理，现在也是，明明是宝贵的休息日，可我却在辛辛苦苦地搜集关键词。

我最讨厌的就是恐怖题材了!

"那你没问题吧?你不是很怕吓人的故事吗?"

"是啊。怕是怕,可是又不能因此不做。所以我现在正在网上搜索可怕的传闻和事件。"

"有什么有意思的事吗?"

"这个嘛……前段时间发生过裹着手指的炸丸子事件,那事的日后谈还挺吓人的。"

"裹着手指的炸丸子事件?哦,是出过这么个事。好像是 G 百货商场,说是那里卖的炸丸子里有被切断的手指,是那件事吧?当时在电视上闹得沸沸扬扬的,后来就忘了。那事还有日后谈?"

"说是 G 百货商场里的其他店铺的工作人员把无关的客人当成投诉狂……杀了那个客人。"

"欸——后来出了那么大的事吗?"

"是啊。接下来又是选举又是演艺圈丑闻又是灾害,大事接连不断,那事就被人忽略了。在上网查之前,我也不知道那事。"

"那这事怎么个吓人法?"

"那个工作人员把尸体藏在公寓壁橱的顶橱里。可是他自己却直接搬走了。然后,在半年之后,后面搬进去住的人发现了尸体。"

"好可怕。不过我觉得应该是房东发现啊。房客搬走之后总要打扫吧。"

"就是啊。据说是死者被分尸塞进了手提箱。"

"欸——那不是不合常理吗?不管怎么说,之前的人搬走的时候,房东总该发现手提箱吧?"

"不过手提箱的事是传闻,有点像都市传说。不管怎样,公寓里藏着支离破碎的尸体应该是真的。"

"好可怕啊……所以我才不喜欢出租屋和二手房。谁知道之前出过什么事，对吧？所以我租房子住的时候只租新盖好的，买公寓的时候也要调查清楚有没有奇怪的传闻。"

"我家……是二手的……"

"啊，是吗？"

我不可能买得起新建的房产。

这里是去年买的。如果留在之前的公司，估计我早晚能买新房子，但现在就没希望了。我本来也没想买，但父母强烈建议我说："既然你没计划结婚，那至少要有自己的房产。"他们说要帮我付首付，既然这样那我就买了。靠近车站，四室两厅九十平方米，出自设计师之手的公寓，两千万日元。这可买赚啦，本来按照行情，这一带要四千万日元！房地产公司也这样热心地推销。确实很便宜，不过地点嘛……虽然勉强算是东京都，但坐电车到新宿要花足足五十分钟，这里就是乡下。

不过我很庆幸自己买下来了。每月要还的贷款是以前房租的一半。我现在收入低了不少，这能减轻很大压力。如果继续租在东京的市中心，我说不定会因为付不起房租被赶出来。毕竟连二十年房龄的破公寓都要十五万日元。买下这里实在值得庆幸，就是一个人住显得太大了点。

"啊，有电话来了。那我挂咯。"

接着前辈挂了电话。哎呀呀。前辈的电话总是要聊很久。

咦？可是，感觉和平常不一样。要是平常，她肯定会秀恩爱："真是的——我男朋友就是个醋坛子，真是头疼。又是调查又是监视的。不过这也说明了他有多爱我。"没完没了地说这类话，等我实在不耐烦了，我会用去厕所之类的借口挂掉电话。可是今天连恋人的"恋"字都没出现。难道已经分手了？说不定真分了。如果有男朋友，怎么会在天气这么好的休息日大白天打电话过来？不过这次真快啊，还不到一年呢。

不管那事了，继续工作吧。

啊，对了，已经凑齐五十个关键词了。那就收工吧。

*

我正想站起来去洗衣服的时候，电话响了。接听以后对面劈头盖脸就问："你和留美子小姐是什么关系？"突然听到这样唐突的质问。因为实在太过突然，我没多想就回道："我们是朋友，怎么了？"也许在这时我陷入了某种催眠状态吧。不过都三十多的人了，还这么轻易回答陌生人的问题，我这是怎么了？虽然另一个自己冷静地这样吐槽，但我还是打算回答下一个问题。问题是"最近什么时候见过面？"

咦？什么时候见过来着？

虽然我们经常通电话，但实际见面是在……

还没等我回答，对方又提出了下一个问题。

"你们到哪了？"

到哪了？是问去过哪里吗？说起来，我没因私事跟前辈一起出去过。我和她不过是话友，所以关系一直不错。一年到头低头不见抬头见的人际关系很快就会破裂。偶尔打个电话，这种平淡的关系反而会比较长久。啊，不过去年一起泡过温泉。本来是她前公司的员工旅行，但有个人取消了旅行，于是把我叫上了。

"去温泉——"说到这，我突然清醒过来。我为什么像个傻瓜一样说这么多。我还不知道这人是谁呢。

"话说，你是谁？"

我问完后，对方直接挂掉了电话。

刚才那是什么情况？

算了，总之先洗衣服……我正在翻找脏衣物，这次对讲机响了。真是的，这次又是啥？

显示器上出现了一个陌生男人的脸，是一个中年男性。啊，难道是消防检查？

我很着急。怎么办，完全没打扫过。

"我今天很忙，请下次再来。"

快速说完后，我急忙按下了显示器的显示键。男人的脸唰的一下从显示器上消失了。可是，铃声却纠缠不休。我捂住耳朵，屏住呼吸。对不起，对不起，今天请回吧，我下次一定会做好准备，以完美的状态迎接检查。

咦？我看了一眼日历，发现消防检查的记号是在下周。什么嘛。白紧张了。是平时那些上门推销的人吧。别吓人啊。

真是的。我要洗衣服啊，洗衣服。

冷风从东侧的窗户吹了进来，就像冷库的门被打开一样。窗外是晚秋过后的冬日风情，路旁的树木掉光了叶子，今年秋天好像什么事都没干就过去了，我沉浸在不合时宜的伤感之中。

今年冬天肯定也会在不知不觉间过去，春天夏天也会这样过去，然后回到秋天。跟那什么很像啊。啊，对了，上个月顺道去了家电量贩店，就像那里演示的滚筒洗衣机。我当时一直盯着看。洗衣机内部一开始是慢慢地转，睡衣、内衣、毛巾都看得清清楚楚，但到了甩干阶段，睡衣的红色、内衣的米色、毛巾的绿色都交融在一起，分不清哪个是哪个了。啊，我的人生现在正处于甩干模式。正在感叹这种眼花缭乱、暧昧不清的感觉时，冲刷、旋转、甩出水分，在被搅得天旋地转的时候，结束的蜂鸣声响起，打开盖子，红色、米色和绿色纠缠在一起，不管不顾地把红色拉出来，结果其他颜色也被一起带了出来。就是这样。春夏秋冬，不管哪个季节都没区别，这就是我的生活状态。这种状态一年比一年严重，有时候连昨天和今天都没区别。可是，那个滚筒洗衣机不一样。甩干之后，洗涤的衣物永远不会纠缠在一起，可以一件一件地拿出来。好想要那台滚筒洗衣机啊……还有烘干模式呢，雨天也能把衣服烘得软和干爽，这该有多棒啊。

"真羡慕留美子前辈啊……"

我不经意说了出来。

住在东京都市中心新建成的公寓，还有带烘干模式的滚筒洗衣机。而且……还是美女，工作能力也很强。她生来就是胜者组的，真让人羡慕。再看看我自己。我看着镜子里的自己——瘦弱的体格，眉毛像蚰蜒一样又浓又长，其他地方的体毛也异常浓密。就是因为这副外表，以前异性对我的戒心特别重。

"你可不能那样板着脸哦。要给自己树立形象。比如……恶心萌的女孩子形象。举止要扭捏作态，再把'讨厌——''不是吧——'之类的说话方式作为个人特征。这样一来，反而会被人接受哦。"

告诉我这些的就是留美子前辈。我半信半疑地按前辈的说法试了试，结果与人打交道顺利多了。我现在对这一套得心应手，甚至分不清这到底是装出来的形象，还是我的本性。说不定我本来就有那种天分，而前辈她发现了这一点。

"阿嚏！"

我打了一个像搞笑剧一样夸张的喷嚏。咦？我想干什么来着？洗衣服，啊，对了，是洗衣服。

咦？感觉头有点痛。感冒了吗？喉咙也开始火辣辣地疼。不仅如此，现在甚至开始头晕了。现在可管不了衣服，我把搜集的脏衣物堆到起居室的角落，然后倒到沙发上。咚的一下倒下去之后，我的视线正好落在墙上的日历上。这样啊，原来今天是第二个星期六啊，不就是药妆店特卖日吗？看，日历上也潦草地写着"特卖"。那家药妆店食品也很多，特别是蒸煮袋食品和冷冻食品很便宜。特卖日的价格更低，所以我每个月都会专门等到这一天买一堆屯着。可是，我今天头痛，喉咙也痛，说起来，还浑身发冷。虽然我想就这样随意地躺在沙发上，但"特卖"让我有了斗志。我"嘿哟"一声抬起沉重的脑袋，直接用手简单整理了一下头发，披上大衣，带上钱包和钥匙出门了。

天空像海洋一样蔚蓝，可我却用大衣裹紧了身体。好冷！刺骨的寒风卷起落叶从我脚边吹过。今年的一号寒风吗？我想起了气象图上西高东低的气压分布，蜷着身体默默地走着。可是大脑深处依然发麻，脑中的气象图里的九州扭来扭去怎么也无法固定下来。对冲绳的位置也没什么自信。是要再往南，还是要往北？啊，不对，那里是奄美大岛。乌黑潮湿的热带森林在瞳孔中变大。多亏了它，我脑中的气温有了些许回升，但手掌脚掌却完全没有知觉。可是，唯独脸颊，像贴着热毛巾一样，烫烫的。喉咙好像被一颗火热的糖球堵住一样，火辣辣地疼。视野也是朦朦胧胧，我知道必须赶快办完事回家才行，想加快脚步，可是冻僵的脚掌却完全没办法加快速度。

应该已经过去三十分钟了，但我还在住宅区里徘徊。公园茂盛的常青树明明就在眼前，可是却怎么也走不到。明明过了公园旁的路之后很快就能到药妆店，但我觉得自己这辈子都走不到那里，折回去的念头越来越强烈。我硬逼自己去想将来的事，在药妆店买点什么呢？首先是润喉糖，这可不是一般的痛。然后是经济型意面、各类意面酱、各类蒸煮袋食品、膳食补充剂、冷冻食品、糕点、茶……还有卫生纸和纸巾。差不多一个小时后，我大概就会右手提着三个塑料袋，左手拿着纸巾和卫生纸，匆忙走在回家的路上吧。可是，寒风越来越强，光是走在路上，垃圾、砂砾、落叶之类的东西就会让我的脸变得黑乎乎的。我开始担心当我用双手抱着东西急忙赶路的时候，要是有团变色的脏纸巾从我面前飘过，那东西会不会飞到我脸上……还是赶紧回去比较好。可是，那讨厌的纸巾却伙同寒风向我逼近。但纸巾最多也只能追到公寓的入口，就算是纸巾也没办法突破这道防线。纸巾丢下一句："喊，给我记着。"然后往上飘去，飘过路旁的树，往公园的方向消失了。即便如此，万分谨慎的我还是小心翼翼地往前走，反复确认任何地方都没有纸巾之后，再次回过头，确认后面什么都没有之后，才解除入口的安全系统。

　　我来到自己的房间前，终于松了口气，但打开玄关的门时，我的脚碰到了一个东西。难道是那个纸巾？为什么，真烦人！不是……这是什么？欸？手提箱？什么情况？有东西露出来了。这湿软的质感是？这团脂肪一样的东西是什么？

　　*

　　什么？

　　我被自己的声音吓到，一跃而起，摸了摸手臂，全是鸡皮疙瘩。另外，我的后背也湿透了。看来我是穿着衣服直接在沙发上睡着了。房间全黑了。

药妆店没去成。现在是几点呢？我朝 DVD 播放器上显示时间的区域看去，0:00 的字样忽明忽暗。我把头转向左上方，看向空调的显示区域，这里也忽明忽暗。什么情况？接着我把头扭向右边，看向厨房旁的热水遥控器。灭了。

什么情况？难道停过电？干燥的冷风从我后背吹了过去。在这刺激下，我终于想起了一个重要问题——文件保存了吗？印象中没保存过。不，我当时想保存的。我还记得我当时手指已经放到按键上了，可是，后来我按了吗？我提心吊胆地把头扭向办公桌。要是平时，主机会发出嗡嗡的噪音，可是现在却静悄悄的。电源指示灯也灭了。

呀——我像恐怖漫画的女主角一样发出了尖叫。不是吧，不是吧！我按下电脑的开关。像往常一样的启动画面出现之后，我猛敲键盘输入密码。

呀——我再次发出无奈的叫声。

果然没保存，今天输入的内容全没了。我绞尽脑汁搜集的五十个关键词没了！

不，可是，自动保存功能应该会另存一份恢复文件才对。

糟了——自动备份功能没开！

噗噗噗——

我脊梁猛地一缩。什么？从哪传来的？这是什么声音？

这难道是幻听？我呆站着想道，这时突然发现对讲机的警报灯一闪一闪的。我战战兢兢地拿起听筒，听到了一个男人的声音。脊梁缩得更厉害了。

"我是保安公司的。接到了您家的警报，出什么事了？"

"没事……"

我答道，心脏扑通扑通地直跳。没想到对讲机能直连到保安公司那边。

"那……有没有发生停电或者跳闸之类的事？"

"啊，有。应该停过电。"

"这样啊。我明白了。"

"请问……停电会触发警报系统吗？"

"是的。跳闸的时候也会触发，请多留心。"

"好……"

"还有，顺便提醒一下，紧急按钮也要注意。有的人没有紧急情况也会按紧急按钮，最近常有这样的事。"

紧急按钮！哦，这个啊。我之前从没注意过。虽然没想按，但我把手指放到了那个按钮上。

"请不要按。"

"是！"我立刻缩回了手指。

"那就拜托你了，千万别按哦。"

被这样反复叮嘱，反而会很在意啊。我盯着印有"紧急"字样的按钮……想按，想按，好想按！

又有一阵冷风从后背吹了过去。窗户开着。

夜已经深了，车站前的高层公寓亮着模糊的灯光。这时，我终于打开了灯的开关。白天那种光亮瞬间回来了。也许是因为这份安心感，我接连打了三个喷嚏。恶寒随之而来侵袭全身。果然是感冒吗？泡澡，泡个热水澡吧。

可是不管怎么按开关，热水的遥控器都不会亮。

难道我家的热水器也坏了？

"听说热水器的使用年限是七到九年。"

我急不暇择地给留美子前辈打了电话，她的话里有些嬉闹的味道。

"那你的公寓有几年了？"

"我记得是……七年左右。"

"啊，那就没办法了。"前辈开心地答道。知道有人遭遇了同样的事她很开心。"已经寿终正寝了，那没办法了。我家的才刚过五年就坏了，头疼啊。如果是五年以内还能保修，真是倒霉。"

"可是，停电之前还能正常工作。"

"本来就快坏了吧，再碰上停电就歇了吧。"前辈的声音确实很开心，"不过没关系。现在在网上买的价格比定价便宜。我今天也在网上下单了。"

"你买热水器了啊。修不好吗？"

我说完后，前辈的声音变严厉了。

"是啊！这事说来话长，都怪物业公司判断失误，本来修修就好了，可是漏了半个月水没人管，搞得现在非换不可！"

"那换新的……大概要多少钱？"

"算上安装费，正好三十万。"

"啊啊啊。"

我膝盖一软跪了下去。我以正座的姿态伏在地上，像输掉比赛的足球选手一样。

"付不起，居然要三十万日元，我绝对付不起。"

听到我奄奄一息的呻吟，前辈慌忙说道：

"不过，说不定只是一点小故障。也许可以修好。不过，这也得花十万日元吧……所以，最好还是买个新的。专业人士也说，修好之后可能还会坏，所以换新的实际上更便宜。"

前辈给我说明了热水器的事，搞不懂她那语气是在安慰我还是在逼我。不，应该是在安慰我吧。不过我一直没法重新站稳，所以就说了句："那我挂了，明天虽然是休息日，但我有班。"然后挂掉了电话。

三十万日元，三十万日元，我拿着子机，维持着接听电话的姿势不停地哼哼。绝对买不起。账户里剩的钱勉强够这个月和下个月的生活费，如果用在其他地方，房贷就危险了。啊，我到底为什么会陷入这种危险的负债状态？换作以前，区区三十万日元的临时开支可是很轻松的。这当然是个沉重的打击，但是可以毫不犹豫地得出结论。"哎，没办法啦。"以前，我的账户里总会有一定的储蓄，就算失业一两年也能撑过去。可是，后来每个月都要填补赤字，我只能眼看着储蓄越来越少，现在每个月都要想办法补贴当月的生活费。年过三十，还这副狼狈相！啊啊，丢人，真丢人。不过，还要继续还房贷才行，否则我会被赶出去的。房贷是最优先项，热水器？

对了，不泡澡又不会死人。听说以前法国就没有洗澡的习惯，大多数人一辈子都不洗澡。听说就连上流阶层的贵妇人一年就洗几次澡，洗发是一年一次，路易十六世一辈子只洗过一次澡，所以，就算不泡澡，人也不会有事……一年居然只洗几次。法国人的体臭很严重吧，估计这就是发明香水的原因。洗发也是一年一次，无论是衣着多么光鲜的贵妇人，如果仔细观察头发，估计里面都爬满了虱子。呜哇！感觉自己身上好像也有虫子在爬。

热水器果然是必要的。好，去工作吧。只要努力工作，连续推出畅销书，薪水说不定也能涨到和正式员工一样的水平。

我终于让自己产生了积极的想法，可是我却狠狠地摔了一跤，因为一直正座，我整个下半身都麻了。我刚好倒在沙发上，好不容易鼓起的干劲儿又泄了。伴随着瘙痒的感觉，麻痹渐渐褪去。我也搞不清那到底是快感还是痛苦，就这么静静地等着这一切结束。在这期间，我积极的想法出现了一百八十度的转变。

今天就去睡吧。

我拖着麻痹感还没消去的身体爬回卧室，陷进了暌违一整天的床上。

好累，累得要命。真是的，为什么会停电？是哪里漏电了吗？

　　*

啊，说起来。隔壁的两个房间窗户关了吗？

上床之后没多久，我忽然产生了不安。

四室两厅中，有两个西式房间闲置。两间都在北侧，一整天都是昏暗的，大概也是因为这样，那里总是很潮湿。光是想到要进去，心情就会变得很低落。所以，我几乎不打扫，有时甚至会忘了有这么两个房间。可是，终究会有霉味，所以我会不定期开窗换气。后来我关好窗户了吗？

虽然很在意，但被窝已经变暖了，我实在鼓不起勇气离开这里。没事的，之前一直都没事，应该是关好了。

"之前住这里的人拿那两个房间做什么用呢？"

现在我又产生了这样的疑问。要当储藏室的话，湿气太重了。放在里面的东西估计会长满霉吧。就算当房间用，那又湿又窄的环境也会影响心情吧。毕竟墙纸上满是污痕，每次进房间都比上一次更大。感觉像是有生命一样。

"那些污痕仅仅是因为湿气吗？"

现在，恐惧降临了。难道……不会的。

"那个工作人员把尸体藏在公寓壁橱的顶橱里。可是他自己却直接搬走了。然后，在半年之后，后面搬进去住的人发现了尸体。"

我想起了自己白天说的话。

不会的，不会有那种事。

第二天，我告诉自己别想太多。可是，无论我怎么强调，都会忍不住去想。说不定这个房子里有什么"问题"。从刚才起，这个疑问就占据了我的大脑……之前住在这里的人是遇害还是自杀。

"都说了，没那种事。"

我摇了摇头。可是，越是摇头我的疑问就越大。我满脑子都是"之前住在这里的人……"

说起来，我一直很在意浴室瓷砖的污痕，那看上去像是飞溅的血。血？难道是在浴室肢解尸体的吗？

"不，都说了不会有那种事。"

对了对了。如果有出过什么事，房地产公司应该有告知的义务。不过他们什么都没说。不，可是，如果房地产公司也不知情呢？在不知道出过人命的情况下卖掉这里，而当时的尸体现在仍然在这房子的某个地方……不行，我放不下心。对了，确认下登记簿就行了，上面有这房子的权利变更记录，不会有隐瞒。以前有什么人住过一目了然。我从书架深处找出产权证明文件，从里面抽出了登记簿副本。

登记簿里没有什么可疑的记载。这房子过去的所有者是 F 房地产公司，再之前是 S 房地产公司，再往前的拥有者是个人，但感觉没什么可疑的。估计是那个人把房子卖给房地产公司的吧。然后是现在的拥有者，我自己的名字。

"看吧，果然没问题。"我对自己说道。总之我要冷静下来！

对了，去洗把脸吧。

我走到洗脸台前，拧开出热水的水龙头后才想起来热水器坏了。

三十万日元。

现在绝对买不起。在下次发津贴奖金前，不能多花一分钱。不过，如果用信用卡透支并采取用津贴奖金一次性还清的方式是不是可以解决呢？不不不，我已经用这种方式买了很多东西。那分期付款呢？不不，现在已经很勉强了，如果再透支就糟了。

啊，怎么办？

怎么办啊？总之，先搞定恐怖短篇的关键词，要在星期一开会前想好五十个才行。星期一不就是明天吗？

啊……居然有这事，这可比热水器的事严重。

*

"所以说，为什么会被骗？"

我把第三颗润喉糖放进了嘴里。电视上正在播放关于电信诈骗的节目，那种臭名昭著的手段居然能轻松骗到那么多人。据说经过科学的验证，得出受害者陷入了一种催眠状态的结论。说是在那种状态下控制感情的小脑扁桃体会产生过度反应，就算其他部位要发挥理性，身体也不受控制。就算知道自己上当了，也没办法控制自己，只能把钱汇过去。与突发性强迫症差不多，就算知道很傻也忍不住去做。在那种状态下他们跑去银行已经不是为了别人，而是为了从那种走投无路的状态中解脱。

原来如此。骗子成功刺激到受害者的弱点，让人暴露在危机下，让受害者主动跳进陷阱啊。一旦掉进陷阱，受害者就会欺骗自己，无法做出正常的判断。如果陷入这种状态，也许连杀人都有可能。对了，一定是那样。杀人的时候就是那种状态，就是小脑扁桃体麻痹，本性被彻底释放的野蛮状态。原来如此。

啊，得赶快凑齐关键词才行。虽然我坐在办公桌前，但一坐下就冒出了一大堆想法，想去做其他事情，根本就是逃避模式。要从头开始做已经完成过一次的事，心里是一万个不愿意！如果是其他主题，也许还能挤出干劲儿努努力，但偏偏是这种主题。光是想到要再到网上搜集事件和恐怖的传闻，我就要吐了。万一发现这座公寓有不好的传闻……

"啊，结果还是汇过去了……"

重现电信诈骗的短剧，在挂念孩子的母亲表情一变，冲进银行把钱汇出去的时候结束了。

这种诈骗手法成功率这么高，也许是因为日本人对亲人的袒护吧。拿钱摆平亲人闯的祸，这种想法本来就很不可思议。就该冷淡地让他自生自灭。如果骗子说你是借款的担保人，那就该说："请送他上渔船，让他自己做苦力还。"如果是事故或性骚扰的调解，那就回答："既然他犯罪了，那就把他绳之以法。"让他自生自灭……如果我是局外人倒是可以义正词严地这么说，但如果我是当事人的话，就不知道会怎样了。毕竟我现在是这么的害怕。

我不知道自己在怕什么。正因为不知道，所以特别害怕。所以从刚才起我的自言自语也变多了。

"这也难怪。遭到肢解的尸体被塞进手提箱，藏在壁橱的顶橱里，但这么做的话肯定会有臭味的。绝对有人很早就发现了，不可能连这都发现不了。对，所以这是瞎编的都市传说，不可能连房东都没发现。"

我擅自下了这样的结论。

"最重要的一点是，如果是出过事的房子，房地产公司应该会告知的。"我又说了一遍从今早开始一直重复的话。

"我买这里的时候房地产公司什么都没说，所以没事的。"

对，没事的，干活吧。

我给自己鼓足劲之后，终于启动了电脑。接着新建文档然后命名，文件夹也新建一个。把文件夹命名为"绝对畅销"。我感觉自己有了干劲。咦？不是已经有一个叫"一定畅销"的文件夹了吗？还有一个"无论如何都要畅销"。何止这两个，不知不觉间我的电脑桌面已经被名字差不多的文件夹填满了。我喜欢的美女壁纸完全看不到了。"不能每次新建文档的时候都新建文件夹哦，否则很快就找不到重要的文档了。"坐在我前面的兼职女孩经常这样提醒我。虽然她让人火大，但这话是对的。这下我完全搞不懂什么东西放在哪了。比如这个，这是什么？我把鼠标指针移到名叫"假发"的文件夹上，单击打开后，里面是图片。

"啊，这个，是前辈的！"

是留美子前辈发来的图片。好像是上上个月，她发来一封主题是"我去旅游了"的邮件，这是邮件里附的图片。我当时新建文件夹保存了下来，我看过一次，感觉很反胃，就像吃撑了一样，所以打算以后删掉。可是，我把这事忘了。

图片是前辈和她恋人的合影。我不由得想起了当时的事，她把图片发过来之后，马上就打来电话，开始漫长的秀恩爱。

"那时候的前辈真的很幸福。我记得她男朋友是公寓的——咦？"

我目不转睛地盯着图片。里面那个女的自然是前辈，她还是那么漂亮。男的嘛……是个中年的小个子，头发明显是假的。这次找的也是个不起眼的男人，打开图片的时候我悄悄地这样想过。说起来，前辈对男人的品位很差。她专找条件很差的男人，而且每次都以失败告终。虽然她会感叹自己的男人运不好，但我觉得还有更根本性的问题。真是的，她明明长得那么漂亮，可是却完全没有利用自己的武器。请提升自己看男人的眼光吧。我一直想找机会把这话告诉她，但却一直没说出口。

"说起来，这个男人，我认识。我在某个地方见过。"

*

太阳也彻底落山了。可是，文档里一个关键词都没输入。我被某件事绊住，怎么也进入不了工作状态。

果然是这个男的。

我再次打开了图片。我肯定见过这个男的，就在不久之前。是在哪呢？

对讲机响了。现在头发乱糟糟的，毕竟澡也没洗过，我可不想在这种状态下见人，我边想边走向对讲机。

啊，想起来了！在拿起对讲机的听筒的时候，我朦胧的视野像点过猛烈的眼药一样云消雾散看得清清楚楚。

是那个大叔，搞消防检查的大叔。不对，是我误以为他是来做消防检查的，还不配合他的工作，那个大叔……

啊，就是这个人。

这人就是前辈的恋人！看着显示器上的那张脸，我下意识地移开了听筒。可是，铃声响个不停，实在太烦人了，所以我把听筒放到了耳边。

"请问你是哪位？"

"那个女人在这里吧？"

和那老土又可悲的表情相反，他吐出了恐吓的台词。

"那个女人……"是指留美子前辈，他们之间出事了，而这个男的正在找她。应该是这么回事。

"不在，不在啊。"我坚定地否认。然而，这话好像起到了反效果，那男人的疑心似乎越来越重。

"藏起来也没用，那家伙的交友关系我已经通通查清楚了，她肯定是来这里了！"

那个男的继续怒吼。看样子他已经顾不上面子和别人的目光了，看来他非常急。可是，我在乎别人的目光。要是他继续这样怒吼，别人会觉得我有问题。我没多想就按下了对讲机的开门键，虽然理性高呼着不要开，但却有种非按不可的冲动。没过多久，那男的就到来了我家所在的五楼。他狠狠地敲着玄关的门，这时候我还是很在意别人的目光。不管怎样，必须制止这个男的发疯才行。理性下令不能开门，但身体没有服从。必须做点什么平息这种状况才行。

我打开了玄关门的锁。

打开门后，等着我的是那个杀气冲天的男人那水煮章鱼一样的大脑门。假发已经往后偏了。我差点笑喷，但笑意很快就转变成了恐惧。

"原来如此。原来那家伙喜欢这种类型的啊。"那男人带着不加掩饰的杀意说道。那家伙是谁？果然是指前辈？

"把那家伙交出来，让我见她，我想见她！"

那男人边叫唤边猛烈地摇我的肩膀，他的头也猛烈地颤动。要掉了，要掉了，勉勉强强留在男人头上的物体眼看就要滑下去了。

我下意识地把手伸向那个物体。

"住手！"理性强烈制止。"不能碰那个！会发生最可怕的事！不能碰！"理性反复禁止。然而，越是被禁止，这股好奇心就越止不住。这物体下面是一副怎样的景象呢？想看，想看，好想看！

等反应过来的时候，我手里紧紧抓着一个乌黑的物体。我战战兢兢地抬头看那男人，他的头像是被打上了条形码。一挂头发像养分不足的羊栖菜一样滑落到大额头上。有一瞬间，那个男人的眼睛满是惊讶，但很快眼睛就变得通红，脸上的肌肉也开始痉挛。然后，那个男人从怀里拿出了小刀。

他不停地往我身上乱捅，捅着捅着他就开始狂喊前辈的名字，继续捅我，他的精神似乎错乱了。那男人的脸极为丑陋，是不顾一切地执着于某件事的人的丑陋的表情。恐怖，怪物。啊，这倒是个不错的题材。好想马上回到电脑前输入一个关键词。

可是，我已经无力抵抗了。全身麻痹，品味着小刀陷入肉里的触感。心里想着，很像竹签刺进鸡肉里的触感啊。

过了一会儿，我感觉不到那个男人了。

电话在响。当然，我没办法去接，在那铃声中意识渐渐模糊。数到第五声回铃音的时候，电话的录音功能启动了。

是前辈打来的。

"啊，我是留美子。我有点担心，想给你打个电话。我现在在老家，出了一些事……我不是给你发过一张旅游的图片吗？就是当时的男朋友。我之前也说过吗？他在管理我的公寓的公司做销售。在参加公寓的物业管理联合会举行的会议时，我们不知怎么就好上了。虽然他一开始很温柔，但后来就开始限制我的自由了。他嫉妒心也很强，激动起来甚至还会使用暴力，我被打过好几次——"

看来前辈要说很久。我把电话的录音时间设成几分钟来着？三分钟？不对，好像是五分钟。前辈肯定会一直说，直到把时间用完吧。我四肢失去知觉，脸颊冰冷，但飘忽的感觉却让我头晕目眩。想不到这感觉还挺好的。还不赖。

"就算这样，我们也一起去旅游过几次，也在考虑结婚的事，可是，我觉得这样不行。我当然讨厌暴力和限制，但决定性的问题是那个人……戴假发！我的幻想破灭了。不，秃头倒是没什么，我不会在意那种事。可是，我不喜欢他隐瞒这件事的做法。我对他的热情全没了，我提出了分手。他打了好多电话叫我别分手，还利用管理公寓的机会找我麻烦——"

　　我说，前辈。他的发型那么不自然，你之前就从没怀疑过吗？所以说，你就是没眼光啊，所以你才每次都失败。"然后，我的热水器不是坏了吗？就是那人搞的鬼。他趁我不在的时候故意使坏，把热水器拆掉搞坏了，所以才会漏水。听说漏水的时候我就觉得有点不对劲……昨晚我打电话追问，然后那人就坦白了。我很害怕，所以就直接回老家了。后来我发现手机收到了奇怪的录音电话，那人说他知道你的电话号码和住址。我的笔记本不是丢了，是被那家伙偷了。难以置信！喂，你那边没什么事吧？说起来，你说过你家停过电吧？说不定就是那人搞的鬼。我家也被他搞过好几次。说不定那人认为我躲在你那里。所以你要小心哦。啊，还有，我已经决定换工作了，下个月就去新的出版社。我负责的居然是时尚杂志哦！是《Frenzy》哦，《Frenzy》，厉害吧？还有，榛名……"

　　看来五分钟已经到了，电话录音突然结束了。

　　"话说，前辈，已经迟了……"

　　我最后这样嘟囔了一句。

　　*

　　"听说田中先生因为三角关系的感情纠纷，被另一个男的杀了。"

　　田中玄太郎的葬礼当天，跟他在职场上有来往的人悄悄议论着。

　　"不过那个田中陷入三角关系，有点难以想象。"主编抱着胳膊时不时往遗照那边瞄上几眼。

"那个男的好像是错把田中先生当成情敌了。其实那个女性和田中先生只是朋友而已。"消息灵通的兼职女孩显得有些得意。

"毕竟田中先生平时是那样，所以女性也会把他当成女性朋友相处。我也没把他当男性看……"田中负责的一位作家痛心地说，"不过，田中先生的房子出了那种事，已经卖不掉了吧？"

"话说，"消息通越来越得意了，"如果这类房产的贷款没还完，就会被拍卖。如果是业内人士低价买来再转卖给其他同行，或者租借给自家人或相关人员住一段时间，那么就不再有义务告知案件情况，也就能以市价转卖了。事实上，田中先生住的那个五〇七室，以前也出过事，是凶杀案。"

"欸——是这样啊。那我现在住的房子说不定也是有问题的房产……这种可能性也无法排除吗？ 很可怕呢。"主编又抱住了胳膊。

过了一会儿，"不过真可怜啊……"在场的人一起抬头看向田中玄太郎的遗照。那是员工旅游时，在玩余兴节目的照片，也不知道为什么要选这张。嘴巴周围一圈青色的胡茬，可是却在模仿女性，还带着天真无邪的笑容。在场的每个人都觉得死者的那副模样有些悲哀。

金苹果汽水

【金苹果汽水传说】都市传说之一，据说是存在于二十世纪七十年代的梦幻碳酸饮料。没有发售过的痕迹与记录，可是声称自己确实喝过、见过"金苹果汽水"的证言却接连不断，因此有人说这可能是集体催眠或集体精神失常造成的错觉或记忆错乱。另外，"金苹果汽水"已在二〇〇二年正式发售。

二〇〇八年秋（平成二十年）

"话说，你那头发。"

有人冷不丁地对我说道。我的肚子发出了咕噜噜噜噜的闷响，表情自然地扭曲了。不过，至少要赔个笑才行。

因为，如果与麻衣子小姐为敌的话，可是很可怕的。被她盯上的人，有不少都会辞职。我可不想因为人际关系的纠纷辞掉好不容易才找到的工作。重要的是，如果因为那种原因辞职，会上黑名单的，被写上"有问题"。要是那样，就不会有人给我介绍工作了。

这里的合同是半年，现在已经一个月了，还剩五个月，再忍五个月。

可是，这一个月很漫长。过去的这一个月居然还要重复五次。

我一开始以为可以轻轻松松地顺利搞定。我以为可以像往常一样，只要尽量低调，用近乎与墙壁融为一体的稀薄存在感默默无闻地工作，就能熬过去。

可是……

已经不行了。

"喂，我说，你那头发。"

手指伸了过来，触摸头发。

不……不要，请住手！我昨天才去的美发沙龙，不要，不要……不要碰啊！

*

电话是派遣到"北海道屋"的员工打来的。益田奈奈子直接输入了她的工号，贴在耳边的听筒里瞬间就调出了个人信息。

山口聪美，二十四岁，级别B+。登记时间两年，主要职业经历是话务员、手机销售。还没有被当作正式员工录用过。

"不行，我受不了了。拜托了，让我辞职吧。"

山口聪美在电话那头重复着同样的话。之前见她的时候，她是一个活泼精神的阳光女孩，我还以为她没问题的。

奈奈子担任劳务派遣公司"Power Human"的协调员已经五年多了。根据客户的要求选择合适的员工，有幸签订了合同后，负责处理员工的烦恼和纠纷。

她负责的是埼玉·多摩地区，这片区域制造工厂和研究所较多，奈奈子负责的客户几乎都是工厂。虽说是工厂，但那是知名制造商的直营工厂，属于娱乐设施、员工食堂、各类商店齐备的大型工厂，完全没有过去常说的3K（艰苦、肮脏、危险）的印象。实际上，"Power Human"派遣出去的员工不是分配到生产线，而是去工厂里的事务部门，所以除了要穿工作服，工作环境与丸之内[1]的办公室几乎没有区别。时薪也与东京二十三区的行情一样。可是，经常有员工抱怨："跟我想的不一样""时薪和付出不对等"。特别是在午休的十二点前后，这类电话从来没断过。今天这已经是第五通电话了。奈奈子听着山口聪美诉苦，顺手调出更详细的资料。

1　丸之内，东京站附近的丸之内，该地段办公楼林立，是日本价格较低的办公区域。

原来如此，在职场的评价不好不坏，也没有发生纠纷的经历。性格认真拘谨。从形象上说，她是随处可见的大众型。虽然没有引人注目的功绩和特长，但不会表现自我，因而也没有冲突。嗯，不是挺好的吗？比起在工作上锋芒毕露的类型，企业更喜欢能像空气一样融入环境的人。因为这类人很好安排，所以劳务派遣公司方面也非常欢迎。此前也没有过投诉或者抱怨。

可是这次到底是怎么了？

"我受不了了，我要辞职。"山口聪美抽泣着诉说。

"等一下，你能不能再多说点详细情况呢？"

"我刚才不是说过了吗？"

"你是指有个讨厌的人吗？"

"是的。"

"可以把那人的名字告诉我吗？"

"不行，我不能说，要是说了……"

"可是，不说具体情况我就没法处理……总之，先告诉我吧。啊，方便的话，我去找你？不过我今天已经有约了。"

"那明天呢？"

"欸？明天？明天……"

"请你明天过来。尽量早点，早一刻也好。"

"欸……可是。"

"要是你明天不来，那我今天就辞职。"

"不，等一下啊……嗯，我明白了。那就明天，明天午休时间，可以吗？"

"不行，午休必须和其他人一起。"

"那……"

"可以十一点来。这个时间，我会去收发中心分拣邮件。你就说要与我谈合同的事，把我叫出来。"

"十一点？嗯……明白了。我十一点去。"

"拜托了。请你一定要来，要不然、我……我可不知道会怎么样。"

"讨厌，别威胁我。"

"我是认真的。"

"嗯，我明白了。我一定会去，所以你要坚持住。最起码不能无故旷工哦，拜托了。"

"好。"

总之，这样一来就能拖到明天了。话虽如此。

"哈啊。"我不禁叹了口气。

"怎么了？"隔壁的同事铃木小姐把脖子伸了过来。

"我本来想明天休个带薪假的，这下泡汤了。"

"有纠纷？"

"上个月刚派遣过去的人，说想辞职。要是那么轻易提辞职，我的业绩会受影响。要想办法让她回心转意，至少要干满试用期的三个月才行。"

"客户是？"

"北海道屋的埼玉工厂。"

"啊，是那里啊。哪个部门呢？"

"管理部。"

"哇，管理部啊。"同事露出了意味深长的苦笑。

"怎么了？"

"你是第一次负责北海道屋吗？"

"嗯。我是从上个月辞职的人手上接过来的。"

"那里纠纷很多哦。在那里工作的百分之九十是女性吧？而且是正式员工、短期合同、派遣员工、兼职等多种雇用形式混在一起，所以会接二连三地出现纠纷。我也负责过一小段时间，当时每天都会接到关于纠纷的电话……尤其是管理部和采购部问题特别多。"

"是这样吗？"

"还会有只发生在女性之间的纠纷。"

"欺凌吗？"

"差不多吧。甚至有员工因为神经衰弱被送进医院哦。"

"讨厌，真的吗？"

"那打电话过来的员工是什么状态？"

"她只会哭，目前还不清楚状况。只是一个劲地说想辞职，想辞职。好像是人际关系的问题，不过跟什么人之间出了什么事之类的具体情况完全不肯说。"

"说不定问题很严重……我去调查一下吧，我有几个熟人在那边工作，可以不动声色地打听一下状况。谁是老大，谁是受害人。这种事要做客观的调查才行，因为也有不少是员工的被害妄想。"

"可是……做那种事会不会招来麻烦？"

"没事的，我会处理好的。等我一下下。我记得户田小姐应该是派遣到那里。"

铃木小姐拿起听筒，然后手指飞快地按下号码。

"啊？户田小姐？我是铃木。怎么样？工作顺利吗？这样啊，那就好。话说，那边的工作环境感觉怎么样？有没有欺凌、派系斗争之类的问题？哦，这样啊。嗯、嗯。这样啊，那可辛苦了呢……欸？这样啊，欸——可是……那就——"

看来她们要聊很久。那就利用这时间……奈奈子调出了北海道屋的资料。

创立于昭和……年。欸……这公司还挺年轻的，给人感觉却像是老字号，我还以为成立三百年了。哼哼，原来如此，原本是小饭馆。昭和……年社长研究出来的独家炸肉饼大卖，后来经过十五年的发展，在东证二部上市。目前在全国铺开了五十多家店铺，还进入了美国、新加坡市场。现任董事长是创立者的长子，社长是他女儿……

哼……这不就是一部励志创业史吗？可是，发展如此迅速的家族企业好像都有不好的风气。所以才会发生那种事吧。

"嗯，那就加油。"

铃木小姐的电话终于打完了。铃木小姐压低声音用隐隐有些开心的语气说道。

"果然有问题。"

"人际关系？"

"好像是。据说有个飞扬跋扈（老大）的家伙。"

"是什么人？"

"欸——这个嘛，不清楚。刚才和我聊的户田也没说是谁。不过可以肯定老大是我们派过去的员工。"

"欸。真的？那就太糟了。"

"是啊。要是不同的劳务派遣公司之间产生纠纷倒还好，居然是我们的员工窝里斗。而且还把北海道屋的员工（销售）也卷了进来，似乎展开了一场不仁不义的大战。"

"讨厌，好像很麻烦呢。"奈奈子用双手按住自己的左右脸颊。

"真是的。那个公司本身不就有问题吗？你想，那家公司以前不是闹出过裹着手指的炸肉饼的事吗？"

"裹着手指的炸肉饼？"

"大概是两三年前。炸肉饼里有手指的事。你不记得了？"

"欸？手指在炸肉饼里？"

"对。整个手指尖混在炸肉饼里。"奈奈子竖起右手食指说，"客人一口把它吃进嘴里。"然后把手指放进嘴里。

"讨厌！好恶心啊。"

"你想起来了？"

"完全没有。"

"不是吧。当时可是闹得沸沸扬扬的啊。"

"真的？裹着手指的炸肉饼？"

"嗯。"

"不好意思，完全没有印象。"

"讨厌，绝对有的。你等我一下，我现在就去网上搜。"

奈奈子关掉打开的资料，启动浏览器，输入"裹着手指的炸肉饼事件""北海道屋"进行搜索。但却没找到符合的页面。

"咦？"

虽然奈奈子想再次尝试搜索，但铃木小姐已经回到工作上了，但想到自己也有一大堆工作，于是就放弃了。我今天要去美发沙龙，虽然以前没去过那家店，但那家店在网上的评价很好，所以我就预约试试。得快点搞定工作才行。

但奈奈子还是很在意，于是打开了手机。她在快下班的时候，用公司的电脑在常逛的社区论坛上询问。

"有人记得裹着手指的炸肉饼的事吗？是一家名叫北海道屋的店发生的事。"

现在看看有没有回帖。已经有三个回帖。

"欸……为什么？"

三个回帖都说："那不是都市传说吗？"

那可不是都市传说啊。当时明明闹得那么大，为什么大家这么轻易就忘了？而且……又是这样？

美发沙龙的等候处。昨天明明已经预约了，可现在已经等了一个小时。我为了赶上预约的时间，特地调整工作急忙赶来，早知道要等这么久的话，就不那么赶了。

奈奈子拿起了第五本女性杂志。那是一本名叫《Frenzy》的时尚杂志。创刊七年，现已发行六十万本。据说在新兴杂志中人气异军突起。"Power Human"的休息室里也有，但奈奈子没有认真看过。奈奈子倒也不是没有兴趣，但三十六岁已婚的她已经不是《Frenzy》的目标人群了。单身且对恋爱和婚姻还有憧憬的读者才适合这本杂志。比如那部被誉为"超高人气的大长篇恋爱小说"的连载文章就足够有吸引力，如果是在不久之前，也许自己也会沉迷其中。虽然那部小说节奏拖沓，一直在讲无名艺人孝一和当红作家美纱纪分分合合的事，但在年轻人中很有人气。每到《Frenzy》发售的时候，打工的年轻人就聊得热火朝天，所以她也知道概要。印象中，上一期提到失忆的孝一杀了人。而这一期，是从服刑的孝一和女主角美纱纪在监狱的会见室重逢的场景开始。

"孝一，我想用我的光照亮你心中的黑暗。光就是爱，光的世界就是我给你的爱。"

哼。光就是爱啊……如果世上只有光，那不是反而什么都看不见了吗？正因为有影子，才会浮现出物体的轮廓，不是吗？会产生这样吐槽的冲动也是因为上了年纪吧。

"让你久等了。"

一个影子落下来，正好盖住了看完的那一页，奈奈子抬起了头。

"你是第一次来吗？"

嗯，是的……话说，该不会是这人负责吧？毕竟难得来一次，所以就豁出钱点了最贵的"艺术总监套餐"……该不会就是这人吧？

"我是艺术总监早乙女，请多关照。"

奈奈子目不转睛地盯着眼前的早乙女。那臃肿的身体似乎能达到标准体重的两倍，身上的吊带连衣裙与那副体格完全不搭，个性张扬的妆像是用颜料抹上去的，卷曲的头发仿佛是刚逃离爆炸现场一样。这一切无不在强调她的体型和容姿有多么悲剧、有多么糟糕，这糟糕的品位简直是无所畏惧。

不，可是。有句话叫为他人奔波却无暇自顾。不关心自身时尚与否……不，不是不关心，而是过于讲究，搞错了所有要素的方向性，但就算这样，她也会发挥绝妙的品位为客人服务，错不了。

"那今天要怎么做呢？"艺术总监早乙女捏起了奈奈子的一撮头发问，"你想要什么风格？嗯？"

美发师不用敬语是常有的事，所以奈奈子也习惯了，但这个早乙女的语气让她有点不快。即便如此，奈奈子还是强忍住那股不快，把手伸向墙边的小桌，想参考刚才看过的发型目录。但那个动作让膝盖上的《Frenzy》啪的一下掉到了地上。

"欸……难道你也想做小鸣妮的发型？"

早乙女看着《Frenzy》的封面说道，话里满是挖苦的意味。封面上是被年轻人奉为神明的超级名模，昵称小呜妮。宛如公主的卷发是她的标志性特征。"嗯——小呜妮的风格啊——不过小呜妮的发型不适合你吧——嗯——有难度啊，就算这发型很流行，也不该模仿哦。这种发型很挑人的，老实说，我觉得你不行。"

早乙女抱着胳膊一个劲地说不行。那态度实在太没礼貌，奈奈子自然坐不住了。我还觉得这种店不行呢。我受不了了，我要回去。

可是早乙女的手抓住奈奈子的肩膀，让她坐回了椅子上。她正吃惊呢，就被披上了披肩，等她回过神来的时候发现已经坐在镜子前了。

"我可是艺术家，不想做不负责任的事。在自己可以负责的范围内努力，这是艺术家的自尊。所以今天只给你修发梢哦？"

其实我想彻底换个形象，但如果交给这种人的话，不知道会变成什么样，所以今天修修发梢就算了，改天再去其他发廊吧。嗯，就这么办吧。只能这样了。

"好，那就拜托你了。"

奈奈子答道。自己映在镜子里的脸僵硬得可怕。

网上的评价果然不可信，听说网上的口碑不少是刷出来的。

其实从昨天开始我就非常期待。已经三个月没去过发廊了，幻想了各种发型，一直在犹豫。居然会碰上这种人……糟透了。奈奈子瞪着镜子里的早乙女。对方也瞪着她。双方对峙了一会儿，然后有人呼唤早乙女小姐。她回了一句等我一下，然后放下几本杂志就走开了。

那些杂志都是以八卦为卖点的女性周刊。奈奈子看向旁边的客人，那人拿到的是时尚杂志。旁边的人也是。

什么嘛，为什么只有我是女性周刊啊？

奈奈子的肩膀在颤抖，她觉得对方仿佛在说你很适合看八卦。那个叫早乙女的家伙，不管做什么都让人不爽。啊，真是的，不甘心。

不管多不甘心，在被披上白色披肩的当下，我就只能当个愚蠢的晴天娃娃。在愤怒的驱使下试着铆足劲，发现果然只是晴天娃娃。

真是的。瞪着镜子里的自己也无济于事，奈奈子还是伸向了一本女性周刊。

——《恐怖！Ｔ公寓凶杀案的前因后果！》

封面上的字样吸引了她。

说到Ｔ公寓凶杀案自然是那件事——三个月前发生的杀人案。早期的报道称那是三角关系的感情纠纷，但后来又说好像是因为误会导致的杀人。那个事件也成了奈奈子办公室里的小话题。受害的男性是知名出版社的编辑，这一点也能引起人的兴趣，但最让人感兴趣的是杀人的男性是派遣员工。那个男性所属的劳务派遣公司的名字都遭到了曝光，公司股价跌了一段时间，所以奈奈子的公司也发文提醒她们要做好派遣员工的管理工作。

"可是，不觉得有点奇怪吗？"

"嗯。遇害的男性和凶手从没见过面吧？"

"听说凶手的女朋友是受害者的朋友。"

"话说，那个女友也是大出版社的编辑吧，而凶手是在一家小物业公司上班的派遣员工。时薪充其量也就一千四百日元的水平吧。"

"那不就是流行的格差恋爱吗？"

上个月才跟同事聊过这些。这个月就又爆出了犯人在看守所自杀的新闻，所以这事是现在最热的话题。

"Ｔ公寓五〇七室发生的另一起凶杀案！"报道的开头是这样一句刺激的话。奈奈子心头一跳。虽然有关恋爱的部分完全不会让她心动，但这类可怕的案件却会让她的身体不由自主地做出反应。也许是受到她在影像制作公司工作的丈夫的影响。她丈夫主要负责综艺节目，但也有参与报道节目。翻页的手指也加大了力度。

二〇〇三年三月，T公寓五〇七室发生了一起凄惨的凶杀案。两名男性与一名女性遇害，事发后，案件的第一发现人同时也是重要证人的女性也自杀了。她的自杀让案件一直悬而未决，在那之后案发的房间会出现穿着鲜红夹克的女鬼的传闻流传开了。自杀的女性穿的工作服也是鲜红的夹克——

"买下那个五〇七室的就是这次遇害的男性。"

一张脸突然出现在镜子里，奈奈子"呀——"地发出了低声的惨叫。

"啊，不好意思。吓到你了？"

"没事，是有一点被吓到……不过没关系。"

奈奈子轻轻把手放在心跳加速的胸口上。镜子里出现的是一位年轻女性，可能是学徒吧。

"让我给你做个按摩吧。"

学徒从推车上拿起一个绿色的瓶子，把里面的东西到双手上。弥漫着薄荷的芬芳。

"最终，与那间公寓有瓜葛的人……首先是三人遇害，然后是重要证人……接着是这次的事……一共死了六人！死了六个人啊。"

学徒相当能说，不过很擅长按摩。她总能准确地刺激我的穴位。我的心情特别好，她的话听起来就像摇篮曲一样。我的眼皮也沉了下来。

"那个公寓根本就是灵异事件的汇聚点。网上把那里传得比厕所里的花子还有裂口女更可怕哦。"

裂口女？她知道这么古老的事啊。连我都记不清了。

"毕竟是个有名的都市传说。"

都市传说啊。

"……啊，对了。"奈奈子把眼皮顶了上去，"你记得裹着手指的炸肉饼事件吗？"

"裹着手指的炸肉饼？"

"对，是一家名叫北海道屋的熟食店卖的炸肉饼里有人的手指。在两三年前哦。"

"嗯——"学徒歪着头努力地回想，那表情就像在说不知道。

"啊，可是。"学徒睁大了眼睛，"我隐约记得什么东西里面有手指。在百货地下卖的东西吧？"

"对、对，就是那个。是百货商场的店铺发生的事。"

当时的新闻影像在奈奈子的脑中清晰地浮现。写着"北海道屋"字样的招牌幡，招牌幡前面就是接受采访的店员，店员旁边的箱子上贴着写着"北海道屋招牌菜炸肉饼"的POP广告。嗯，不会错，北海道屋的炸肉饼。

"不过，是炸肉饼吗？"

"是啊，就是炸肉饼。"

"嗯——"学徒又疑惑地歪过头，显得非常疑惑，"这么说来，也许是吧。"

"对，不会错，就是炸肉饼。"

"是啊，这么说来，也许是炸肉饼。对，对，就是炸肉饼。"

好，这样一来就获得了一个赞同者。镜子里的自己脸上挂着满意的笑容。

可是，很快就皱起了眉头，早乙女回来了。早乙女连一句"让您久等了"都没说，直接拿喷雾器往奈奈子头发上喷，一副不耐烦的样子。然后用手指夹起一撮充分打潮的头发，把剪刀靠上去。

这流程持续了很久。用手指夹起一定量的头发，然后剪短一毫米。就和一开始的宣言一样，真的只修剪发梢。明明是很简单的事，可是她每剪一刀都会发出"哈""哼"的莫名其妙的叹息。

十分钟之后，简简单单的修发梢结束了，看上去完全没有变化。可是，早乙女却松下僵硬的肩膀，发出"哎呀呀"的感叹，像完成了一项大工程一样。然后留下一句"之后就拜托了"，飒爽地离开了，还真有艺术家的范儿。然后刚才的学徒回来了，用吹风机给我简单吹干，但吹完之后还是没什么区别。

店里的音乐中断了。回过头才发现，客人只有奈奈子一个，工作人员像在提醒她一样，开始收拾了。在四面八方的噪音中，一串杂乱的脚步响了起来，一个巨大的黑影走了过去，是早乙女。早乙女说着"辛苦了"小跑着出了店门。

什么？什么啊？她只是想早点下班吧！所以工作才那么敷衍！

"一共一万两千日元。"

可是在收银台却被要求支付这么多钱，奈奈子的怒火爆发了。嗯，自己选的的确是最贵的套餐。可是自己跟进店的时候完全没有差别，收银员见了还敢开口要一万两千日元？她差点气昏过去，但调动所有的理性，控制住自己，丢下一张一万日元和两张一千日元的钞票，离开了店。

"咦？你今天不是要去剪头发吗？"

丈夫稔拿着罐装啤酒，随口说道。偏偏今天这么早回家。明明平时大半夜都不见人。

"你不是干劲十足地想改变形象吗？"

嗯，是啊。我本来计划好好改变形象，明天要找朋友们开一次久违的午餐会，结果两件事都黄了。但我没有说出来。如果说出来，我肯定会拿丈夫出气，不能搞错敌人。怒火必须用正确的方式发泄，我启动自己专用的笔记本电脑，把自己的愤怒统统写成文章。

　　既然想装艺术家，那就去做相应的工作啊。说起来，自称艺术家的都不是什么正经人。艺术家这个头衔是别人给的称号，夸耀自己是艺术家的人只有相声里负责逗哏的和没有自知之明的蠢货。关键的是她完全不专业，不就是干服务业的吗，根本和艺术家不沾边。没有提供任何服务，还瞧不起客人，根本不配自称艺术家，快道歉，快向全世界真正的艺术家道歉！

　　这分量挺足的，如果写在原稿纸上，估计足足有十多张吧。就算这样也不够，远远不够表现这股愤怒。我现在依然非常激动。

　　"一回来就发博客？"

　　丈夫发来了这样一条信息。我抬起视线，发现他正在那沙发上举着手机往我这边瞄。丈夫对博客没有好感，他看不起博客，说是"发泄的垃圾桶"。可是，如果不像这样把积攒在心中的怒火倾吐到博客上，那我现在就会发泄到丈夫身上。以前就是那样。我们会为琐碎的事争吵，闹得杀气腾腾的，谈及离婚也不是一次两次。可是现在就少得多了，这也是因为有了博客。他完全不理解我。"你才是，想说什么就直接说出来啊。我就在你身旁啊。"

　　"要是我直接说，绝对又会吵架的。因为你会一股脑地把愤怒宣泄到我身上，我会吓得不敢说话的。"

　　什么愤怒啊。真失礼啊。

　　我打算抱怨一句，手指刚碰到键盘的时候收到了邮件。是参加明天午餐会的朋友发来的，内容是确认碰面的地点。

　　"抱歉！我临时有工作，去不成了。帮我转告其他人。"

哈啊。真让人不爽，我明明很期待的，明明很久之前就计划好了，带薪假也请了，可是为什么我非得特地跑去那么偏僻的工厂不可啊？那地方真的很不便。北海道屋总公司明明在六本木的高层建筑，可是为什么工厂要开在那种地方啊……啊……对了。

"你记得北海道屋的裹着手指的炸肉饼事件吗？"补上这么一句之后，奈奈子按下了发送按钮。

很快就收到了答复。

"你没法参加真遗憾。下次一定要来啊。话说，裹着手指的炸肉饼事件？不好意思，没印象。"

不是吧……为什么？为什么不记得啊？绝对有那事的。

"喂——阿稔，以前有过一个裹着手指的炸肉饼事件吧？"

丈夫听完后，他夸张地摇了摇肩，似乎被吓了一大跳。看来他一定是在看什么见不得光的网站。

"什……什么？"声音也很奇怪，"裹着手指的……炸肉饼？"

"对，裹着手指的炸肉饼。是北海道屋搞出来的事。我现在负责的就是那个北海道屋，好像有不少麻烦事。因为员工的纠纷，我明天得去北海道屋的工厂一趟。好郁闷啊。感觉会是一个阴暗的工厂，感觉阴沉沉的，那氛围糟透了……我说你记得吗？裹着手指的炸肉饼事件。"

"不记得……我觉得好像有过这么一回事，但记不清了……"

"搞什么，是真的有啊。唉，阿稔你不是也有参与报道节目吗？连这种重大事件都记不清怎么行？"

"不是，虽说是报道节目……但却是用超能力解决事件！是这种类型的……炸肉饼？"

"对啊，炸肉饼！为什么大家一转眼就都忘了？绝对有过那事。"

就在刚才，我心里还充满了对艺术总监早乙女的憎恨，但那种怨恨迅速被北海道屋的裹着手指的炸肉饼取代了。

坐立不安。我拿起听筒，按下了老家的号码。问接电话的妹妹："以前有过一个裹着手指的炸肉饼事件吧？是一个名叫北海道屋的公司。"但她冷淡地回答："不知道。"之后接电话的弟弟和母亲也都一口咬定："不知道。"然后挂掉了电话。

为什么？为什么大家都不知道？为什么大家都不记得，只有我一个人记得？难道是我搞错了？

不，不对，确实有那回事。

没错，有那回事。

去那个社区论坛看看。

"有人记得裹着手指的炸肉饼的事吗？是一家名叫北海道屋的店发生的事。"

从发帖到现在已经过去约五个小时了，也该出现有意义的回帖了吧？

……

不是吧。什么情况？

回帖有一百多条。不过，全部都在否定裹着手指的炸肉饼事件。而且，不管怎么看都是同一个人回复的。虽然伪装成其他人，但明显是同一个人回的。说话风格一样，而且都带有强到吓人的攻击性。去死吧，杀了你之类的危险的字眼也很常见。

为什么这人这么执着？

一股不知从哪来的恶寒在后背奔窜。手臂也是，瞬间起了鸡皮疙瘩。

我看过一部漫画有类似的场景。也许是电视剧或者电影？不管是什么，总之内容是某一天，曾经真真切切存在过的现实消失了，只有主人公记得那个现实，主人公在不知不觉间被卷进一个不为人知的阴谋中，最后被杀了。

难道是媒体操作？有个势力无论如何都要抹消裹着手指的炸肉饼事件的事实，那些人在暗中活动？

"讨厌，不可能！"

我不禁大声叫了出来。丈夫惊讶地探出头往这边看。

我挤出笑容说没事，但心脏却怦怦直跳。

要冷静，要冷静。首先，北海道屋应该没有那么大的能量，应该没办法扭曲事实。就算是老字号的优良企业，它在整个业界中还是个小企业。可是——

在以前看到的漫画或者电视剧或者电影里，被抹消的事实只是一件小事，但在最后发现其实隐藏着足以影响世界经济的大事。

难道北海道屋也有某种秘密？

"根本就没有什么裹着手指的炸肉饼事件。别发帖乱说啊，你这垃圾。"

按下刷新键后，又有了新的回帖。那明显是同一个人。奈奈子的动摇瞬间变成了愤怒，她天生就是不服输的性格。如果有人来找碴，她就一定要以牙还牙才罢休。

我懂了。既然你要找碴，那我也不会输。

奈奈子的手指放到了键盘上。

"我记得裹着手指的炸肉饼事件。"

自导自演就得用自导自演来对抗。然后奈奈子继续敲键盘。

"谢谢你的回帖！你记得炸肉饼事件吧？太好了——大家都不记得，我都有点不安了，开始怀疑那是我自己的妄想。"

"那不是妄想。是有过那么一件事，错不了。是北海道屋出的事吧？当时的新闻我记得很清楚。写着'北海道屋'字样的招牌幡，在招牌幡前面接受采访的店员，店员旁边的箱子上贴着写着'北海道屋招牌菜炸肉饼'的 POP 广告。"

"对对，我也看过那个新闻。啊啊。太好了。我还以为我记忆错乱了。"

"你没记错。"

呼——

这是第一次自导自演。虽然在愤怒的驱使下发了贴，但这终究不是值得夸耀的事。良心作痛。

但是……

"我也记得那件事。那肯定是北海道屋出的事。"

"我也记得很清楚。那事之后，我就不敢吃炸肉饼了。"

后来又继续发了这类回复，然后开始出现"这么说来，我想起来了"之类的回帖，深夜两点过后，肯定派已经远超否定派了。然而，否定派也没输，顽固地坚称"没那回事"并挑起了一场口水战。还叫人拿出证据什么的，否定派真是又顽固又傲慢。

"否定派的人难道和这事有关？感觉他们一直很拼啊。"

奈奈子的手指轻快地敲着键盘。

"否定派的人好像想尽办法想隐瞒那件事，不过有一点还请记住。不管怎么否定，不管怎么抹消，都会留下'真实'。就留在'记忆'里。"

呀——连我自己都觉得这是名句。真棒啊。对啊，不管怎么隐藏，不管做多少手脚，都没办法改变人的记忆！

结果那天我一直敲键盘敲到清晨，只睡了短短一个小时，但不仅不觉得累，情绪还莫名地高涨。早饭也特别美味，蔬菜汁、吐司和香蕉酸奶。

我心里十分充实，仿佛完成了某件艰巨的工作。我想让更多人看到自己的伟业，哪怕多一个也好。

上班之后，我立刻给坐隔壁的铃木小姐看了那个论坛。

"你看，确实有过裹着手指的炸肉饼事件吧？"

"真的呢。"铃木小姐半信半疑地答道，"这么说来，是出过那种事。"

"对吧？"

"嗯嗯……对了，我好像想起来了，有，有出过那么件事。手指在炸丸子里面……我记得是在 G 百货商场的地下食品卖场出的事！"

"不是炸丸子，是炸肉饼。是北海道屋的招牌菜。"

"可是，北海道屋还在卖炸肉饼啊……话说，我上周还吃过……呜哇，突然觉得好恶心。"

"就是说嘛，真让人没法接受。这就叫好了伤疤忘了疼，因为大家的记忆都很模糊，所以北海道屋就想借机雪藏那件事。在这个论坛上也一样，有人在拼命否定那事，应该是相关人员。这肯定是他们的方针，所以工作人员的人际关系也会一团糟。这种公司肯定在干什么见不得人的勾当。毕竟，那个工厂的氛围太糟糕了。"

"那里确实有点阴暗的感觉……啊，话说回来，你今天要去那个北海道屋的工厂吧？"

"嗯。约好十一点去，我差不多该出发了。"

"那你去见见户田小姐怎么样？那人是消息通，说不定能找到问题。"

"也是啊，也许应该听听第三者怎么说。"奈奈子调出了派遣员工的搜索界面问，"那个……她叫户田什么？"

"户田麻衣子"

"户田麻衣子？"

输入名字后没有符合条件的结果。

"啊，登记的名字也许是川上麻衣子。她好像结婚了，不过同事都用旧姓称呼她。"

"川上麻衣子……啊，有了有了。是这人吧？"

"她虽然很年轻，但却是个老手。派遣去的不少地方对她的评价很高。级别是 A-。"

"为什么没达到 A ？"

"这个……虽然她很能干，但却有点……不过她肯定靠得住，这一点可以放心。如果你要见她，那我就先帮你联系一下？"

抵达离北海道屋埼玉工厂最近的车站时是十点二十分。来到这里就已经耗费了近一个半小时。可是，接下来的路还很长。

环岛的角落排着队。那些人是和奈奈子乘坐同一趟特急电车来这里，准备去北海道屋埼玉工厂的来客。所有人的表情都很阴森。

灰色的小型公交车缓缓开进来，停到了队伍前端。队伍渐渐被吸进公交车里。奈奈子也急忙排到了队尾。

吸进整支队伍后，公交车缓缓地启动了。

我很不安，担心自己会被带去一片陌生的土地。虽然第一次乘坐这班公交是一个月前的事，但当时是和去上班的工作人员一起坐的。眼前的工作人员一个接一个被灰色的公交车吸进去，他们像小学生一样热闹地唱着

《多娜多娜[1]》。虽然不知道他们对歌词的意义了解多少，但那一幕就像是被赶去进行强制劳动一样。不，说不定真的和强制劳动差不多。听说乘坐这辆公交车的人大部分在生产线上工作，是日结工资的派遣工人。到了工作地点之后，从头到脚都要按规定换上纯白的工作服，长时间制作炸肉饼，除了规定时间之外，连厕所都不能去。她去参观过生产线，那种简单的工作非常枯燥。乍一看并不费力，但必须一直重复同一件事，那种工作越简单，越单一，对精神的挑战就越大。中途肯定会有不小心发呆的瞬间吧。在发呆的时候，手指被卷进机器里……

奈奈子感觉到肩膀被人重重地推了推，猛地抬起头。看来自己刚才打瞌睡靠到了旁边的女性身上。她向女性简单道了歉，然后把视线转向窗外。

风景和以前一样杀气腾腾。听说这一带是通过凿山开发出的招揽各家企业的工业区。但结果只吸引到了北海道屋，剩下的荒野就像废弃的采石场一样。眼见那样的荒野，再加上这种小型公交车，足以让人心情阴郁，何况等待自己的还是那种机械性的工作。不管怎么留意，精神都会不正常吧。所以才会把手指……

"岂有此理。"

"确实啊。"

右边传来了这样的对话声，是两个穿着西装的男性。其中一个是初显老态的男性，那份威严显然是管理层才有的。一直对那位男性点头哈腰的也是一位初显老态的男性，但那卑躬屈膝的态度明显是当了一辈子的普通员工。他们的领章上有北海道屋的标志，估计是总公司的人。

1　《多娜多娜》，原名"Donna Donna"，原是犹太民谣，为影射自己民族残酷的命运所作。1960年，才被翻译成英文演唱，其中最有名的是美国歌手Joan Baez演唱的版本。

"到底是什么人在传这种谣言？"

"也许是和我们竞争的公司吧。"

"一定要查出造谣者，把对方告上法庭。"

他们的话里火药味很重。估计是出什么问题了吧？奈奈子竖起耳朵听着。可是那男的只会说"岂有此理，岂有此理"，完全听不出情况。

坐在奈奈子旁边的女性看着手机的显示屏发出了"啊"的叫声，接着说道："部长，总公司的电话被打爆了。"

看来那位女性也是总公司的人。她探出身向那个疑似管理层的男性报告情况。

女性的声音听得很清楚。

网络上有人煞有介事地在传"北海道屋的裹着手指的炸肉饼事件"，这事迅速传开，今天早上客服中心的电话接连不断。

奈奈子身体一缩，睡意一下全没了。

显然，那事的火种是自己埋下的。原来已经传开了啊。可是，我又没瞎说。归根结底，错在隐瞒过去的问题吧，这是自作自受。可是，北海道屋是工作上的客户，要是自己是火种的事暴露就糟了……不会暴露的吧？毕竟那是匿名论坛，发帖人不会被认出来的吧？汗水从背后流下。

"总之，我们已经采取了应急措施。刚在论坛上发完帖。请看，就是这条。"

旁边的女性把手机屏幕拿过去给男性看。奈奈子借着公交摇晃的时机看向屏幕，屏幕上是那个论坛。

公交不再摇晃的时候，奈奈子悄悄拿出了自己的手机。打开论坛一看，有新的回帖。

"总之，各位先冷静。你们有很大的误会吧？G百货商场确实出过把裹着手指的商品卖给客人的事，但那是一家名叫'相模铺子'的公司卖的炸丸子，北海道屋只是开在那家店隔壁而已，和那事一点关系都没有。顺便说一句，'相模铺子'在那件事之后破产了。"

欸？相模铺子？炸丸子？她头脑中唯一的根据，当时的新闻画面浮现。

一个打着马赛克的店员在接受采访，背景是北海道屋的招牌幡。

"吓死我了。一开始我还以为是我们店的商品出了什么问题。但不是这样，其实是其他店的商品。"

糟糕！不是吧。奈奈子的后背汗如雨下。

"简直岂有此理。"男性不停地重复着，"一定要查出造谣者，严惩犯人。"

奈奈子的胃像被撒上盐的蛞蝓一样一阵一阵地收缩。早上吃的蔬菜汁、吐司和香蕉酸奶混在一起涌了上来。

呕。

不……不过，没事的，嗯，没事的。他们应该不会那么容易找到发帖的人。而且，还有很多人同意我的说法，这不是我一个人的错。而且，归根结底就不该播放会导致那种误解的新闻。就是啊，正因为播了那种新闻，我才会误会。所以，不是我的错。

对，不是我的错。

小型公交车的速度变慢了，看来是抵达目的地了。

那位男性像念经一样念叨着"岂有此理，岂有此理"，走下了公交车。在他的带领下，被公交车吸进去的人又被一个接着一个吐了出来，

全员下车后，奈奈子缓缓地从座位上起来，但却一步也迈不开，身体像灌了铅一样重。

"你怎么了？"

司机转过头来。

"我没事。好像有点睡眠不足，所以晕车了。"

呕……呕……

我好不容易根据记忆来到正面玄关的接待台，告知前台自己是劳务派遣公司的员工，提出要叫工作人员山口聪美出来一下。总觉得前台小姐的目光很扎人。什么嘛，又不是我的错，不是我的错啊。

前台给了一张写着来宾的姓名牌，叫她在入口旁边的会议室等待。现在是十一点零五分。她打算找山口聪美谈三十分钟左右，剩下的时间去见户田麻衣子。反正就是要尽快把事情搞定，赶紧离开这里。

……

不过怎么还没过来。真是的，都快十一点半了。

"不好意思，我来晚了。"

"欸？"

见到山口聪美后，奈奈子哑口无言。她一瞬间没认出那是谁。什么？怎么了？那是怎么回事？

"你头发……剪掉了？"奈奈子努力让自己的语气开朗一些。

"是的……"

以前明明是小呜妮风格的内卷中长发，可是现在……

"很可爱啊，嗯，非常棒。"

虽然嘴上这么说，但就算是恭维，那发型也远称不上"可爱"。有种短发叫 Pixie cut 或者超短发之类的，她的头发比那种发型短得多，短得过分……嗯……这是不是有点糟糕？为什么会这样？难道……是欺负新人？

"你这边什么情况？出什么问题了吗？"

决心要赶上下一趟公交的奈奈子直奔主题，把头发的事留到下次再聊。但聪美的话却出乎她的预料。

"你记得裹着手指的炸肉饼事件吗？"

"欸？"

"记得吗？"

蔬菜汁、吐司和香蕉酸奶再次从奈奈子的胃里涌了上来。呕……不行不行，已经不行了。

咕噜。奈奈子把涌到喉咙的东西咽了下去，然后答道：

"裹着手指的炸肉饼事件？不……有这事吗？我记不大清了……"

"今天早上我一上班就有人问我这事。"

"这、这样吗？那山口小姐……你是怎么回答的？"

"我印象中有出过这么一件事，好像也有见过新闻，所以就说记得了，然后……"

"然后？"

"他们就认定我是犯人，说就是你造的谣吧。然后就一直……就算没有这个事，光是那个人的话就让我快撑不住了……我已经撑不住了，我要辞职，请让我辞职。"

"不是，你等一下。如果现在辞职，那生活怎么办？而且要是这样半途而废的话，评价也会下降，接下来就不好找工作了。就算这样你也要辞？"

"就算这样也要辞。"

不，你辞职的话我就头疼了。我是你的负责人，我在公司里的评价会下降的。

"总之，我会想办法解决你的问题。会给你一个可以轻松工作的环境。所以你就告诉我这是谁造成的。"

"啊……"

"欸？不好意思，我没听到，再说一次。"

"打扰了。"

突然出现了一位不胖不瘦不高不矮，有些浮夸的女性。姓名牌上写着户田麻衣子。

"麻衣子小姐！"

山口聪美从椅子上弹了起来，接着说了句"失陪了"，就跑了出去，似乎很急。

"初次见面。我是户田麻衣子。我已经听铃木小姐说过了。"

户田麻衣子的脸凑了过来。

"那你想问我什么？"

"嗯……就是职场人际关系方面的事。"

"人际关系啊……不算太好呢。"

麻衣子的嘴角露出了耐人寻味的笑容。

"感觉今天早上更是糟透了。因为他们正在笨手笨脚地搜寻捏造'裹着手指的炸肉饼事件'的犯人。你知道吗？裹着手指的炸肉饼事件。"

"不……嗯……说起来，我在公交车上好像……听过。"

"引发这事的第一个帖子清清楚楚地显示着远程主机，现在已经查到造谣者在'Power Human'。"

欸？奈奈子感觉后背冒出的汗液前所未有的多。

那个论坛……会显示远程主机吗？

"所以，'Power Human'的员工成了攻击对象，我也被盘问了。

虽然不知道是谁发的帖子，但在公司发帖真是太蠢了，明明很快就会败露。可是，仅凭这一点就怀疑派遣员工也很奇怪。毕竟我们派遣员工只是在'Power Human'登记，没条件通过'Power Human'的服务器上网。"麻衣子呵呵呵地笑着，显得很开心，"到底是谁发的帖子呢？估计这会儿北海道屋的干部正带着律师去'Power Human'的总公司大闹吧？发帖的员工肯定会被开除吧。如果只是开除倒还好，也许还要面临巨额赔偿。最坏的情况下说不定还会被捕……你怎么了？你脸色惨白啊！而且很多汗，是哪里不舒服吗？你没事吧？"

得说点什么才行，不能让她发现我很慌。然而，奈奈子费了很大劲却只是重复对方说过的话："赔偿？逮捕？"

接着，胃里的东西终于倒灌了满嘴。

"呕——"

然而，按住嘴巴的却是户田麻衣子。

"不好意思，其实我怀孕了。"户田麻衣子带着笑说道，"啊，不过没关系，我会干到合同到期的。妊娠反应好像没那么厉害。"

接着，户田麻衣子挂着洋溢着幸福的笑容站了起来。

而奈奈子却在原地怎么也动不了。透过窗户能看到小型公交车。虽然心里想着要去坐车，但那灰色涂装看上去就像押解车，奈奈子的身体僵住了。

*

"早乙女小姐，又来了哦。"

前台小姐嘴角挂着苦笑向艺术总监早乙女报告。

"又来了。又是想弄成小呜妮那样的客人。"

"这是第几个？"

"到今天为止已经二十个了。"

"哈。小呜妮的影响力真厉害啊——"

"是啊。真想立刻把这发型命名为呜妮呜妮。可是，不管怎么看都……"

"就算她是时尚领袖。我觉得这种品位也有点那啥。"

"小呜妮是小呜妮，模仿她的人也不知道是怎么想的。她们觉得自己适合那种发型吗？"

"也就小呜妮才勉强撑得起，有小呜妮那种形象才能用那种发型，可是普通人就不行了。"

"就是啊……那现在怎么做？"

"我扮个彻头彻尾的黑脸（反派），想办法说服她。总比让她乱点，然后又投诉我要的不是这种来得好。"

"请加油。"

早乙女来到等候处，有三位客人正死死拿着五天前刚发售的最新一期《Frenzy》坐在那里。顺带一提，这家店故意不放最新的一期，只有上个月的那期。此前要是努努力还可以按照客人的要求做出小呜妮的发型。

最新一期的小呜妮就没办法了。

"什么呜妮呜妮头啊。不管怎么看……那都是莫西干头吧。"

艺术总监早乙女歪着嘴角，暗暗嘟囔。

热 读 术

【热读术】使用灵能、超能力、占卜之类的能力时，事先派人或侦探去调查对方的情况，让人以为自己是用灵能或超能力等手段看出（读取）对方情况的方法。此外还有一种方法不做事先调查，而是根据着装、语气或者用话术通过若无其事的提问或对话等说中对方的情况，这叫冷读术。

二〇〇八年冬（平成二十年）

弥生，我无时无刻不在想你。

可是你却一直在睡，从没想过我。

弥生，你现在身处怎样的梦境呢？在那梦境里有我吗？

*

这到底是什么乡下小路，面包车摇得非常厉害。

然而，益田稔垂着头，不停地自问自答。

妻子被关进看守所，丈夫还能在东京待多久呢？

警察打来第一通电话的时候，我吓出了一身冷汗。罪名是诽谤还是妨害业务来着？总之就是指控她捏造事实，指名道姓地诽谤中伤某个企业。妻子是个随处可见的普通女性。谁能想到她居然会做出那种无法无天的事？而且还被捕了！可是，如今这个社会，无论是不是正常人，都有可能在某一天突然犯下弥天大罪，这就是网络社会！

"好可怜啊，令人同情。"

听到有人对自己这么说，稔叹了口气，抬起了头。

"你最近因为网络遇上了大麻烦吧？"

震惊。

"听说与你太太有关吧？"

震惊、震惊、震惊。稔的心脏像打鼓一样猛跳，发出了重重的喘息声。

"你太太身陷网络拍卖，现在濒临破产了吧？"

欸？

稔抚了抚胸口。原来是在说别的事啊。

仔细一看，头发烫得像是佛祖一样的大妈正微微晃动巨大的身躯，嘴里嘟囔着笔记本上的内容。今天外景拍摄的主角是引发奇迹的灵能者"天照卑弥呼"。现在正要突击访问咨询者的家，然后当场漂亮地解决咨询者的烦恼！看来她正在预习。估计那个笔记本上写满了事先准备好的咨询者的情报，不过自己要装作没看见。我们节目组的工作人员必须要相信"天照卑弥呼"的超能力。所以，不管见到多么明显的作弊行为，都要装作没看到。

如果可以的话，我也想假装不知道妻子的事……可是，我又不能不管她。毕竟我是她丈夫……明天得去见见她才行……

K警察署看守所，会见室。

刚看到稔的脸，奈奈子就大叫："快把我从这里弄出去！"

"别说不可能的事。"

妻子奈奈子被捕已经两周了。奈奈子哭着说哪怕能早一刻出去也好。

"阿稔、阿稔，快把我弄出去，快啊。"

"嗯，嗯。我知道了，我正在找优秀的律师。"

"要快，要不然，我……"奈奈子把脸最大限度地靠近隔板，低声说道，"要不然，我……会被杀的。"

"真是的，你说什么啊。"妻子贴在隔板上的脸简直能吓死人，稔的身体不禁后仰，"啊，要不要我给你带什么？下次带来给你。"

"带东西？"奈奈子黑色的眼珠子在充血的眼白上转了一圈，然后把声音压得更低了，"给我带《Frenzy》。"

"Frenzy？"

"对，女性时尚杂志《Frenzy》。带最新一期过来。"

"哦……嗯……嗯……知道了，知道了。下次我会带过来……啊，时间快到了。"

幸好规定的会见时间只有十五分钟。如果没有限制，自己就不得不一直面对妻子那可怕的表情。稔缓慢地站起身，一副依依不舍的样子。

"阿稔，是《Frenzy》哦！一定要最新的一期哦！"

"知道了，知道了。"

稔用肢体语言回答之后，慌忙离开了会见室。

老实说，妻子被抓，自己这个丈夫也快被肩上的担子压垮了。本来，竭尽全力安慰关在看守所受苦的妻子是丈夫的责任，但这十五分钟太漫长了。如此薄情的丈夫只有自己一个吗？

"老实说，我想逃走。"

T公寓的一个住户脸上挂着似哭似笑的表情，仿佛他独自背负着工薪族的悲哀，这副模样似乎非常适合小酒馆。

今天的电视节目《天照卑弥呼的奇迹时间》，要播出的是"揭开悬而未决的案件的调查取材环节"。

稔进入电视台的外包制作公司已经十年了。他本来只是想在换工作的空档期打工，但不知不觉居然当上了制片人。不过这是虚职，实际上，权力都在台里的制片人手上，稔负责的只是大小杂务、协调，以及各工作人员的管理，也就是所谓的杂工。在企业里大概就是可悲的中层管理者吧。

"真是的，其实就是个微不足道的员工，背着房贷，想逃也逃不掉啊。"住户抱着胳膊说道。

"那当时的事，你还记得什么吗？"

"那事已经过去很久了吧，好像是二〇〇三年的三月，你说我还能记得什么……"

"比如看到可疑的人影，或者听到声音之类的。"

"这种细节，就算是昨天发生的我也记不住啊。人类只会记住自己关注的事，不是吗？电视和小说里倒是有证人会说'说起来，我见过可疑的人'或者'说起来，我听到了声音'之类的，你怎么看？我觉得这太不现实。就算记得，诱导性的提问也有可能影响到记忆。你知道吗？这种现象叫作记忆源检测错误，记忆源检测是识别记忆的信息源并重构记忆的假说……就算是完全没有经历过的事，光是进行想象，就会觉得自己经历过，这叫作想象膨胀……意思就是记忆出错。导致记忆出错的要因是强烈的想象……啊，不过也有相反的情况，据说即便是琐碎的事，如果成了强烈的记忆源，那就会被牢牢记住，比如遭遇事故时见到的景象，涌现某种强烈感情时看到的信息……"

住户继续说着，一副学识渊博的样子。还没喝醉就这样，要是给他灌点酒不知会怎么样呢，稔抓住那个男人喘气的时机，打断了他的话。

"啊，谢谢配合。"

"啊，说起来……"住户似乎没说够，还想吸引稔的注意，"你知道吗？住在那间出事的房间里的人好像在出版社上班。"

"啊，我知道。就是买下二手的五〇七室，后来遇害的人吧？"

"嗯，那个人是在出版社上班，不过他的前任住户也是出版社的人。

这可不是什么记忆错乱，是千真万确的事实。"

"前一个住户也是出版业的人吗？"

"嗯。是个讨厌的家伙，爱摆架子。我们在公寓的物业管理联合会见过几次，那人看上去有股压迫感，头发像这样隆起，像贝多芬一样。"那男人用双手抓起自己的头发，微微抖动手指，像在用洗发水洗头一样。

"两任住户都是出版社的人吗？"

稔的笔在笔记本上挥动。那种偶然倒也不算非常罕见，但对奇迹的灵能者天照卑弥呼而言，这个情报说不定能派上用场……不不，或许能成为闪光点。

"还有——"那男人正要继续说的时候，稔的手机响了。是台里的制片人打来的。

"节目内容有变。你能马上回来一趟吗？"说是下次节目的内容要从"灵视直击T公寓连环杀人案凶手"变成"感动！长眠的妻子发来的最后信息"。

这种事挺常见的。天照卑弥呼那边的预先调查达不到预期的效果，节目被搁置的事也遇到过几次。这种情况下就会换成比较保险的煽情类内容。对外就说天照卑弥呼凭借灵能收到了逝者的消息，并转告给家属。

"好，我明白了，马上回去。"

稔丢下那个似乎还没说够的男人离开了公寓。

"就连那个天照卑弥呼也找不出T公寓连环杀人案的线索吗？"

稔回到台里后，马上拿到了新的台本。不过里面只写着要点，至于正式的台本，负责脚本的人可能正在拼命重写吧。

"就连天照卑弥呼的智囊团也有解不开的谜啊。"

导演新城在说到"就连"和"智囊团"的时候特意用重音强调并且微微一笑。

确实如此。天照卑弥呼的人气是由她的智囊团撑起来的。这些人很优秀，比那些信用调查所和警察靠谱。至今为止，在节目中找到了三十多个失踪的人（包括尸体），还有十多起悬案的线索。在节目里，这一切都源自天照卑弥呼的"灵能"，但实际上却是令间谍相形见绌的智囊团搜集情报的功劳。也许有人觉得是作弊，但稔他们不这么想。管它是超能力还是智囊团的力量，只要能找到失踪的人，发现案件的线索就行了。

"不过，这次的套路挺少见啊。对方是活生生的人吗？"稔哗啦哗啦地翻着台本。本来，固定套路是收到去世的人发来的消息。

"嗯。可是，这人是植物人。半年前遭遇事故，然后就一直没有意识。只能依靠生命维持设备。"

"那委托人是？"

"丈夫。他想在妻子死前通过天照卑弥呼进行沟通。"

"妻子死前？"

"丈夫打算行使尊严死。"

"感觉……内容很沉重啊。"

简单来说，事情是这样的。半年前，三十五岁的前田晴彦下班回家后，发现三十五岁的妻子前田弥生倒在自家二楼，他把妻子送去了医院，但被告知妻子脑干以外的脑功能全部停止，陷入持续性植物状态，也就是植物人状态。晴彦精心看护妻子，希望她能恢复，但前些天医生说恢复的希望渺茫，并告诉他尊严死也是一种选择。

"当然，就算是这种状态，我也希望妻子能多活一分一秒。毕竟，她还有体温吧？心脏也在跳动吧？她还活着吧？"丈夫晴彦含着泪说道。

今天要前往前田家做预先取材，但摄像机要开着，这里也是事故现场。按照计划，如果合适的话也会用到正式节目里。

"当时你太太是什么状态，什么原因造成的？"

采访记者兼导演新城委婉地问道。

"我不知道。那天我从公司回来后就——"丈夫边说边拿出了一本皮面笔记本，"对了。七月十六日，工作提早完成，到家的时间是二十点三十分——"

     *

玄关的门开着。弥生向来慎重，不管忘记什么也不会忘记锁门，就算人在家里也一样。晴彦觉得很奇怪，放在门把上的手加大了力道。

开门后闻到了牛肉高汤的香气，但却没有任何动静。

"弥生？"

他喊着妻子的名字往厨房走去，发现结婚时收到的意大利进口锅放在炉灶上。可是火没开，锅也凉了。揭开锅盖，里面是炖了很久的牛肉，法国香草束浮在汤上。砧板上放着莴苣、黄瓜、西红柿，大碗里装着自制沙拉酱。

完全是正在做饭的场景。可是，最关键的妻子却不见踪迹。

"弥生、弥生！"叫了也没有应答，完全没有反应。

"弥生、弥生！"

又叫了一次，但回应他的依然是一片寂静。出门了吗？做饭的时候发现缺了什么，然后去买了吗？不会，如果是家住商业区的主妇倒是有可能，但这里是纯粹的住宅区。要骑十分钟自行车才能到便利店。

"弥生！"

不安在心中沸腾，化作蒸汽冲向全身，双脚不由自主地颤动。

"弥生！"

厕所、浴室、客厅、日式房间。全找了一遍，但却不见人。那二楼呢？往楼梯上看去，那里也跟隧道入口一样漆黑。他按下了灯的开关，但灯泡没有反应，似乎坏了。不安越来越强烈。

"弥生！"

平常没有一丁点响声的楼梯，偏偏在这时候猛烈地摩擦，发出了嘎吱嘎吱的响声。"弥生！喂，你在吧？弥生？"

视野的一角冒出了一个黑影。他被吓得缩成一团，不敢去看。那个黑影似乎倒在了地上。眼睛习惯了黑暗以后，黑影的颜色隐约可见，那是弥生的衣服。

"弥生！"

他鼓起劲转向黑影那边，那是妻子苍白的脸。

脚碰到了一个东西，是梯凳。

"弥生！"

*

"原来如此。你太太是想换二楼走廊的灯泡，结果从梯凳上摔了下来。"

"是的。"

"可是，为什么在做饭的时候要跑去换灯泡，而且还是二楼的……"

稔说了不该说的话。

新城瞪了他一眼，仿佛在让他注意气氛。

"那可以让我们拍一拍事故现场吗？啊，不用劳烦您，我们只是拍一下。"

新城说完，率领摄影、照明和录音慢慢登上了通往二楼的楼梯。

"话说，为什么找我们节目？"

被留在一楼的稔向身旁的丈夫晴彦询问。

"我妻子是天照卑弥呼的超级粉丝。书自然是都买了，节目也是一期不落。她非常喜欢这个《天照卑弥呼的奇迹时间》，甚至会录下来保存收藏。"

"哦，原来是这样。所以……"

稔尽可能地控制说话的语气，但却发现自己话里似乎带着挖苦的意味，于是闭上了嘴。如果这位丈夫知道天照卑弥呼的灵能是靠一群人支撑的，他会怎么想呢？说起来，那这位丈夫也相信天照卑弥呼吗？

"要说的话，我对天照卑弥呼是持否定态度。虽然事到如今再说这话不大合适，但我觉得不太可能会收到植物人妻子发来的信息。"

"啊，啊，是这样啊。"丈夫那出人意料的话让稔的声音也变了调。

"……虽然这么说，但我想试着相信她。人类是很脆弱的，如果陷入绝望的逆境，就会想相信奇迹、神明之类的事。"

说到这里，丈夫的双手紧紧地握在了一起。

寂静降临了。

稔很怕这种情况，他觉得在这种环境里自己心里的邪念会泄露出去，静不下心来。

"啊，如果愿意的话，能不能说说你和太太认识的过程？"

平时他会用更自然的方式打破沉默，但现在却问出了一个唐突的问题，看来今天状态不好。丈夫缓缓抬起头，稔感觉他眼中似乎闪过了一团疑云。

"没事没事，只是我个人比较好奇，你是怎么遇到这位漂亮的太太的呢？"

事实上，他妻子弥生非常漂亮，餐具架上每张照片上的笑容都无比幸福。

"她真漂亮呢。"

"谢谢夸奖……由我这个当丈夫的说这话也许不太合适，不过弥生绝对是好女人。我这种粗野的男人根本配不上她那样的高岭之花……她是我们班的班花。"

"班？你们是同学？"

"是的，我们是高中同学，我们同班是在高一的时候。我对弥生一见钟情，她是我的初恋。可是，情敌太多，我连话都没跟她说过，只能远远地看着她。稀里糊涂地过了三个月，到了闭学式。我不甘心就这样进入暑假，就在那天下定决心表白了。"

然而，晴彦的表白被婉拒了。晴彦仍没有放弃，他拿烟花、祭典、电影当借口，不停约她出来。在第四次尝试的时候，终于赢得了约会的机会。之后两人进展顺利，开始交往。后来他去东京上大学，她在本地上短期大学，两人的关系依然持续着。然而……

"原来如此。上大学之后你们分手了啊"

"因为我很自私，坚持要分，弥生没有错。考上东京的大学之后，我高兴得忘乎所以。每个女性在我眼里都闪闪发光，感觉弥生突然褪色了。就算这样，弥生每个月也会来一趟东京跟我约会，与她并肩走我都觉得丢人。相比都市的女性，她果然还是土了点，所以我就提了分手。弥生没有责怪我，只是在那哭。不是有首歌叫《木棉手帕》吗？每次听到那首歌，我都会想唱的不就是我们的事吗。每次听到那首歌，我就——"

晴彦的嘴唇抖得很厉害。他用左手食指按着嘴唇，继续说道：

"我无论如何都忘不了弥生的眼泪。就算大学毕业，参加工作，与其他女性交往，弥生的眼泪也会在我脑中浮现。就算听说弥生也有了新的恋人，我的罪恶感也没有消失。罪恶感？不对，那是留恋吧，对，是留恋。我埋头工作，想忘记弥生。可是，命运把我拉向了弥生。"

*

"那个……"

听到这个声音，我的脑中一片空白。公司附近的西餐厅很有人气，杂志之类的地方经常会推荐，女性也经常光顾这里，但想不到居然会在这里遇到弥生。谁能想到会在这里遇到已经分手的初恋情人呢？

"我们有多久没见了？七年？"

"啊……是啊，七年没见了。"我想隐藏内心的动摇，但尾音却在颤抖，"……你常来这家店吗？"

"不是，今天是第一次来。听说这里的炖牛肉很好吃。"

"对对，这里的炖牛肉最棒了。"

对话中断。是不是该顺势说有事同她告别？我边想边摇摆着身体，这时她接上了对话。

"从上周开始我就在这附近的公司上班了，不过是派遣员工。"

"附近？这样啊，真巧，我也在那边的楼里——"

"啊。"

"怎么了？"

"你衣服上粘着一个东西。"

她的左手伸了过来，没想到我的心脏居然猛地一跳。

"讨厌。是饭粒。"

"啊，那大概是早饭吃的饭团。"我淡淡地说道，但身体却热得像火烧一样。

"你还是老样子呢，你以前身上各处也经常粘上饭粒。"

"哦？……是这样吗？"

"你实现梦想了？"

"欸？你怎么知道？"

"因为你的衣服。"

这时候，我觉得这身装扮挺让人不好意思的。公司的工作服，光是那耀眼的粉色就很让人不好意思了，何况胸前还有一个写着公司名称的大号LOGO。

"真厉害。你从以前就很向往这份工作吧，实现梦想了呢。"

微笑说着这话的弥生太美了。她原本就五官端正，褪去那份土气之后，那份美貌会让人误以为她是女明星或者模特。一直压抑在心里的对弥生的感情瞬间爆发了。

可是，她的左手无名指上有金戒指。

"你……结婚了？"

"呃？"

"戒指。"

"啊，这个……嗯，虽然还没结婚……但算是订婚了。"弥生吞吞吐吐地说道，"他是重视传统上下级关系的体育系[1]，有点粗野，不过非常可靠。我觉得他会成为好丈夫……不过，我还在犹豫。"

*

"那个……对了对了。那是二〇〇二年（平成十四年）九月二十四日的事。"晴彦哗哗地翻着笔记本说道。

"原来如此。那一天你偶遇到了太太啊。"

"对。"

"不过你还真厉害呢。"

"欸？"

"我是说你能准确记住日期。"

"哦，我习惯把笔记本当日记，什么事都记在里面。"

"这样啊。不过，这倒是省事了。其实，在这种取材过程中，记错和想当然的情况比较多，经常弄得很混乱。人的记忆是不可靠的，还有其他影响因素，甚至还有记忆本身就是捏造的情况。那好像是叫……对了，是叫记忆源检测错误。"

"是啊。记忆是靠不住的，毕竟过于主观。所以我才会用这种办法只记录日期和发生的事，不写感想和主观内容。"

"原来如此。那你与太太重逢之后——"

正要继续问的时候，楼梯那边传来了杂乱的脚步声。拍摄结束，新城他们下来了。

---

1 体育系，日本校园社团的分类之一，通常文化类的社团就叫文化系，体育类的社团就叫体育系，体育系的人比较注重上下级关系、毅力、精神力量等。

"接下来，我们想去医院那边了解一下情况，不知道方便吗？"

稔把夹克的拉链拉到脖子位置，然后从沙发上起来。

"好，拜托你们了。"

晴彦一下站了起来。

他真的很配合。不，这是他自己提出来的，当然要配合我们，但就算这样他也属于配合度高的，而且还会积极提供各类情报。新城他们在二楼拍摄的时候也是，晴彦将高中时期的毕业相册，与妻子交换的日记，婚礼的录像，新婚旅行的照片等全都摆到桌上，还说要全部借给我们。带来的纸袋已经塞得鼓鼓的了。

稔有个坏习惯，如果对方这么配合，反而会产生各种猜疑。如果心里有鬼，人就会表现出过分的亲切。之前也有过同样的事。一个受到丈夫家暴的主妇提出委托，说丈夫可能被恶灵附身了，要找我们驱魔。但实际上，妻子才是实施家暴的人，她是要利用节目在离婚时占据优势。那时候，妻子也很积极地配合我们。

不不，别想太多。稔急忙抛开脑中浮现的猜疑。

"那走吧。"

然后把注意力转到了下一个现场。

"她丈夫吗？她丈夫人真的很好。"

稔拦住前田弥生住院的医院的护士询问，她的回答果然也是这样。会说"果然"，是因为已经是第六次这么问了，但前面五个人统统都只用"好人"来评价前田晴彦。

"这半年来，他每天都会来医院。他应该有工作，但他却说'我是做销售工作的，所以时间比较灵活'，所以一定会来找太太说一个小时的话，这可不是谁都能做到的。他是真心爱着太太。

不单单是这样。他还会带太太喜欢的小说和杂志，来念给太太听。上周他念的是《Frenzy》里连载的小说……我都听哭了。"

"Frenzy？"稔感觉自己记忆的某处突然受到刺激，发出了疑问。

"你不知道《Frenzy》吗？"护士忽视猛地抬起眼睛，话里似乎带着一股轻蔑，"亏你还干媒体方面的工作，居然不了解流行趋势。"

"不不，我知道……我老婆也很喜欢。"

我就是随口一说，她真的喜欢吗？至少，那种杂志家里一本都没有，也没见她看过。不，也许是在公司读的吧，所以才会坚持要我带给她。

"一定要带最新一期来哦！"

稔的脑中浮现出贴在隔板的那张宛若恶鬼般的脸，打了个颤。

"弥生小姐真的已经没希望了吗？"稔急忙转移话题。

"……嗯，很遗憾。就算继续维持她的生命，她这辈子也要靠纸尿布和软管生活。我们医院也多次组织伦理委员会讨论，但得出的结论是，无论是为了太太作为一个人类的尊严，还是为了丈夫，尊严死都是最好的选择。毕竟植物人对经济方面也有相当的负担……丈夫似乎也很纠结，现在终于下定了决心。我觉得这是他同意让自家妻子上电视的原因……那个，其实我也是天照卑弥呼大师的超级粉丝……能不能顺便帮我做个灵视呢？"

"不……这个……"

不知从哪冒出了一群护士叫着"我也要、我也要"，稔被一群女孩子围着，就像到了淡季的夜总会一样。

"哎——真难办啊——"

这感觉倒是不错，所以我就笑着应付。

"好，去下一个地方吧。"

新城的声音传了过来，也不知道他之前去哪了。

下一个？什么下一个，这家医院不是今天的最后一站吗？

"我打算把邻居的看法也拍下来。"

"哦，这样啊。可是，有必要吗？"

"我想从不同的角度拍摄，展现这对夫妻的恩爱。"

"嗯，我知道了。"

"咦？"刚迈出脚步，稔突然觉得有点不对劲。似乎有什么东西让他很在意。是什么呢？那感觉很不畅快，像是有肉卡在牙缝里。稔用舌尖擦了擦那个部分，就是这个，大概是午饭吃的烤肉套餐里的肉。舌尖用力小幅搓动，但却弄不出来……算了吧。稔坐上了面包车。

"恩爱夫妻？"住在前田夫妻附近的主妇露出了诡异的笑容。

"嗯。听说前田夫妻非常和睦。"

"咦，是吗？"主妇又露出了耐人寻味的笑容，套着银色牙套的犬齿发出了幽光。

"不是吗？"

听到稔的问题，主妇用右手挡着嘴，小声说道：

"那家的丈夫给人印象不错，像是一个老实的好男人对吧？"

"嗯，确实。"

"其实不是这样。他非常大男子主义，虽然看上去不错，但在家里好像很蛮横。喂，把空调温度调低；喂，把电视声音开大；喂，换个频道；喂、喂、喂……他太太说过，我就是老公的遥控。有一次，只是因为玄关的灯坏了，她太太就被骂得很惨。"

"欸……原来是这样。"他果然有这样的一面啊。原来如此，我就觉得好像有内情。

"好像……外面有人哦。"主妇的声音压得更低了，"我看到了。好像已经很久了。我第一次见到大概是在一年前，最近……"主妇掰着自己的手指数着，"一、二……对了，是半年前。七月十日，下午三点多。不会错的，因为那天是家长教师联合会开会的日子，我对自己的记性很有自信。"

"那你看到了什么？"

"就是——"话还没说完，主妇的手机响了。

"啊，不好意思，是我女儿打来的。我得去补习班接她。"

然后主妇就快步跑回了自己家。

稔的预感更强烈了。用舌尖根本解决不了，想用牙签彻底剔除。

"七月十日下午三点多，你在做什么呢？"

取材全部结束，最后去往前田家的时候，稔单刀直入地问晴彦。

"你在说什么？"新城急忙抓住稔的手腕。

"七月十日下午三点多吗？"

可是晴彦不但没有慌，反而堂堂正正地翻起了笔记本。

"七月十日是妻子出事的六天前……啊，这天我出差去了仙台的营业所，下午一点到四点在开营业会议。"

"不会错吧？"

"喂，别说了。"新城狠狠地拉了一下稔的手腕。

可是晴彦却是一副从容不迫的样子："如果要查证的话，你可以去我公司问。"他甚至露出了笑容。

塞在稔牙缝里的肉屑啪的一下弄出来了，但他心里的疙瘩还在。稔注视着晴彦的笑容。精心照料变成植物人的妻子的丈夫，真是一段佳话。这种感人的故事肯定会有不错的收视率。但在感动的背后另有隐情。反过来说，不管是多残酷的事，只要换个角度稍加修饰就会变成感人的故事。就像《格林童话》里的残酷故事后来摇身一变就成了皆大欢喜的故事。

到头来只是取决于处理方式罢了。

"怎么样？做出来的效果相当不错吧？"

站在电视台编辑室里的新城满意地笑着，看来他是连夜编辑出来的。他充血的眼睛红通通的，脸上的肌肉几乎都敌不过重力，垂了下来。

距离播出只剩两天。节目里用的情景再现短剧终于完成，简单的试映会刚刚结束。

"嗯，感觉不错。非常棒！"

稔如此答道。这既不是恭维也不是客套话，做得确实不错，最后眼泪都忍不住了。这会成为我们节目这段时间以来，不，说不定是有史以来的最高杰作。

"那两人分手那段特别好，音乐也很棒，这是《木棉手帕》吧？"

"对。我觉得这个场景就得用这首歌才行。这里要大力煽情，然后再接上重逢的场景。很有戏剧性吧？"

确实很有戏剧性。很有吸引力。但我觉得考虑到节目整体效果，做得平淡一些也许更好。毕竟不是虚构的电视剧。这个情景再现短剧，不过是概括前田晴彦和弥生夫妻俩从相遇到现在的故事而已。但如果直接指出来，就相当于给辛劳的新城泼冷水，太不成熟了，所以稔没说出心里话。取而代之的是别的话题。

"那能拷一份给我吗？我要用摩托速递送去给天照卑弥呼。"

"嗯？我已经送去了。"

"你还挺机灵的嘛。"

"顺便把你搜集的资料也送了几份过去。"

"什么？为什么？"

"毕竟你……因为私人问题，现在很辛苦吧？"

稔的脸颊一跳一跳地抽搐着。妻子的事虽然没有公开，但我毕竟会在工作的时候溜去见她，看来我家里出事的传言已经有了。今天上班也迟了三个小时。我怎么也找不到妻子要的《Frenzy》，后来找遍了书店终于找到并带去给她，结果那不是最新的一期，我反而被骂了。

"我理解，谁都有这样的时候。"新城明明不会使眼色还硬是用眼神发出鼓励，"不过明天可不能迟到。天照大师的灵视终于要正式登场了。"

对，明天终于等到天照卑弥呼登场了，估计她在铆足劲预习吧。天照卑弥呼绑着写有"必胜"的缠头带，面向桌子摇晃着庞大的身躯浮现在稔的眼前，他不禁笑喷了。

那么，天照卑弥呼到底会上演一出怎样的闹剧——不，是灵视呢？

病房里的器材被控制在最小限度，只能使用家用便携摄像机。可以进去的工作人员只有摄影师，另外还有丈夫晴彦，主治医生，护士一名以及天照卑弥呼。稔和其他工作人员通过另一个房间的显示器观察病房的状况。

卑弥呼的灵视已经进行了一个小时。晴彦见自己与妻子的过去种种都被说中，又是吃惊又是感动，各种感情交织在一起，脸上满是泪水。

"那么，卑弥呼大师。我妻子，我妻子现在在想什么呢？"

"你想听吗？"

"想听。"

"无论如何都要听？"

"要听。"

"那就请她本人亲口说吧。"

"啊？"

卑弥呼晃着庞大的身躯缓缓站了起来。接着，走到生命维持设备旁关掉开关，甚至把呼吸器都拿掉了。

"你干什么？"

"别说话。"

听到卑弥呼这话，病房里的所有人都像石头一样僵住了。奇妙的时间流逝着。盯着显示器的稔等人也停止了动作，谁都没有动一下的念头。

"啊！"有人叫了。所有人的视线随之集中到床上的弥生身上。

植物人的身体在抽动。

"啊！"又有人叫了。弥生的右手猛地抬起来，指着天花板。

"人在临死前身体会像那样动起来，这是一种反射作用。"

有人对眼前的现象做出说明。然而，在那双眼睛睁开的时候，已经没人能解释眼前的现象了。

"是奇迹。"有人嘟囔道。

"是奇迹。"另一个人也表示赞同。

"是奇迹！"接着变成了合唱。

弥生睁大双眼环顾病房。接着，她的视线停在了丈夫身上。弥生指着天花板的右手缓缓放下，用食指指着丈夫。

"你想杀我。"

呜哇！稔的身体猛地一跳，这刺激让他睁大了双眼。

"原来是梦啊。"

不，不能断言这一定是梦。说不定会变成现实。

那个丈夫很可疑，非常可疑。虽然人看上去不错，但在家里却非常大男子主义，而且，听说还出轨了。

"嗯，他邻居看到了。在太太出事的六天前，丈夫也……"

可是，那天丈夫有不在场的证明。在那之后，我暗中去丈夫的公司问过，出差的事是真的。

"不，也许只是因为那个邻居记错了日期。毕竟已经过去半年了，而且人的记忆是靠不住的。"

而且，太太出事时的状况非常不自然，或者说是让人搞不懂。

"为什么要在做饭的时候去换灯泡呢？而且还是二楼的。"

"她说在做饭的时候突然想起二楼的灯泡坏了。"

回答自己疑问的是天照卑弥呼。

现在卑弥呼正在进行灵视。不过，这次的对象虽说是植物人，但毕竟还活着，所以严格来说不能叫"灵视"。

拍摄状况和稔的梦完全一样。只有拿着家用便携摄像机的摄影师才能进入病房，其他工作人员通过另一个房间的显示器看着病房的状况。

病房里是丈夫晴彦，主治医生，护士，还有一身巫女装束的天照卑弥呼。他们围着连着生命维持设备的软管和呼吸机的弥生。

"我妻子为什么突然想到灯泡的事？"

丈夫晴彦小心翼翼地问道。虽然他一开始没把天照卑弥呼当回事，但自己家的事被一一说中之后，现在像小动物一样谦虚。

"因为她想到了你。你以前是不是因为玄关的灯泡坏了，对太太大发雷霆？"

"啊，那是因为——"

"估计你太太担心又会被骂，心里很慌吧。所以才想在你回来前解决。"

啊，原来是这么回事啊。不过还真厉害啊，天照卑弥呼的智囊团把那些事都查清楚了。

"你太太非常爱你，可是被骂让她失去了自信，你太太的灵体如今也在不安地看着你。"

"我妻子的灵体？"

"是的。简单来说，你太太的灵魂已经脱离了肉体。没了灵魂的肉体本该迎来'死亡'。现在还没完全死去是因为你太太的灵魂还没完全脱离。她在那个世界与这个世界之间彷徨。你觉得是为什么呢？因为她爱你啊。所以才舍不得彻底舍弃肉体。"

"你说的灵体现在就在这里吗？"

"在这里。就在你身后不远。"

"身后？"丈夫身体一震，战战兢兢地把头转向身后。

"就像出事时一样，穿着芥末色和青苔色的……对，是条纹围裙，就站在那里。"

"芥末色和青苔色的……围裙？"丈夫的眼神变了，"条纹围裙？"

"是的，穿着条纹围裙——"

天照卑弥呼还没说完，晴彦就发出了"呜哦哦哦哦哦"的低鸣般的咆哮声，紧接着，一粒粒泪珠从他眼里溢了出来。

"弥生她、弥生她想要我怎么做？"

"她叫你来决定，她会按你的决断去做。"

"呜哦哦哦哦哦。"第二次咆哮之后，晴彦紧紧抱住了躺在床上的妻子。

"原谅我、原谅我、原谅我……"

最终晴彦决定放弃尊严死。

"毫无疑问，我妻子还活着。她只是肉体和灵魂分开了，但无疑还活着。所以，不管是什么形式，我都希望她活下去。就算她永远无法恢复意识也一样。"

晴彦含泪说出自己的决断，那副模样让和工作人员一起盯着显示器的护士们也抽泣了。

"太好了，太好了，真是太好了。"

"确实。前田先生能接受这次灵视真是太好了呢。"

"一开始他还说太蠢了……不过，天照卑弥呼大师果然有真本事。幸好接受了呢。"

欸？稔的那种预感苏醒了。"接受"是怎么回事？这不是前田先生向台里提出的委托吗？

稔叫住一位护士，说出了自己的疑问：

"刚才说前田先生接受灵视是怎么回事？"

"哦？"护士抬起头看着稔，仿佛在问怎么事到如今还提这事，"不是你们提出要让他出演的吗？"

"是……这样吗？"

"不知道你们是从哪得到的消息，然后打电话给我们医院。说'听说你们医院有患者在考虑尊严死的事，如果方便的话请让我去取材'。前田先生一开始以为是纪实类的节目，所以也理解，但后来发现是天照卑弥呼的节目，前田先生就说那种事他帮不了，拒绝掉了。不过好像是导演说服了他。"

导演？新城？这倒是头一次听说。我还以为和以前一样，是观众提出的委托。

我还以为肯定是那个前田先生想杀害碍事的太太，可是太太却没死亡，他考虑再三决定利用天照卑弥呼的节目，把自己塑造成一个悲剧的丈夫，然后用尊严死的手段合法杀死妻子……

我猜错了？

"我必须要道歉。"拍摄结束的第二天，稔接到了晴彦的电话，"我怀疑过你们。"

"不不，你谢什么。是我们该谢你。"

"啊？为什么你们要谢我？"

"因为……"

"话说回来，当时吓了我一跳。原来真的有灵能啊。"

"哈？"

"比如因为灯泡坏掉的事，我骂过妻子。"

不，那是智囊团事先调查……

"连我妻子倒下时穿的围裙都知道。"

不，都说了，那是……

"我本来以为这种节目其实是工作人员预先进行调查，然后再把情报告诉灵能者而已。"

原来这人知道啊。

"可是，围裙的事没人知道。所以，这是调查不到的。"

"为什么？"

"送她去医院的时候，我把围裙脱下来了。看到妻子倒在地上我很慌张，立刻脱下了围裙。不是都说如果有人晕倒的话，要先解开衣服确保呼吸通畅吗？我想到了这事。不过现在想想，只是脱掉围裙应该没多大效果吧。可是，我当时实在太紧张了，在叫救护车前先脱掉了围裙。"

"那围裙的事，除了你……"

"对，没人知道。能说中这事说明那个天照卑弥呼有真本事，我很佩服。"

真本事？

那个直到正式开始前还在背调查内容，把头发烫得像大佛一样的大妈？

这期标题为"植物人妻子发来的信息，丈夫选择的感人结局"的节目创下了有史以来最高的收视率。观众反响热烈，节目还没播完电话就响个不停。工作人员的情绪也达到了顶点，只有稔觉得难以接受，心情低落。

那天晚上的庆功会上他也是心不在焉地独自歪着头闷想。

"天照卑弥呼难道有真本事？"

他的嘟囔换来了一句："什么啊，已经说过了啊。"旁边的家伙碰了碰他。

"是有真本事。"口齿不清地说这话的是台里的制片人，"卑弥呼背后的智囊团是货真价实的专家。"

"那个智囊团里都是些什么人啊？"

"我不清楚，不过听说有前警官，公安部门的特工……连黑客都有哦。"

"这阵容可不得了啊。"

"我开玩笑啦，传言说是卑弥呼的那些主妇信徒。不过，也不能小瞧主妇的情报网，说不定比警官和特工还厉害。"

哼——主妇啊。的确不能小瞧主妇的情报网。嗯？主妇？

第二天，稔又去拜访那个自称目击了晴彦出轨现场的主妇。

"我想问问前田晴彦先生出轨的详细情况。"

"哎呀，不是啦。出轨的不是那家的丈夫，是太太。"

"啊？"

"那个奸夫趁她丈夫不在的时候去他家……这是别人告诉我的，那人好像是太太学生时代的男朋友。听说太太曾经被男朋友甩了，有段时间想不开，动过寻死的念头。那时候有人热心地劝慰太太，于是两人交往了。可是，太太最后与那人分手，跟现在的丈夫结婚了。"

出轨的是太太？奸夫是前男友？稔的大脑一片混乱，但那位女性接着说道。

"然后……接下来的是我的想象。"女性降低了音调，"出事那天奸夫会不会也来了呢？"

"你为什么这么想？"

"因为啊。前田家飘出了牛高汤的气味，奸夫来的时候总是这样，肯定是因为那人喜欢才做的吧。那天早上太太也去院子里摘香草了哦，好像做了法国香草束。"

那一天，自称是天照卑弥呼助手的人交给稔一个纸袋。这是之前借给她们的概括前田夫妇的经历的录像带和资料。说是要来台里讨论其他节目的问题，所以顺便拿来还给我们。助手是一位平平无奇的普通中年女性，我还以为她是来观看什么节目的普通观众。看来天照卑弥呼的智囊团是一群主妇不是传闻那么简单。

"这些资料很有用。谢谢您。"

为人也很谦逊。

说起来，听说天照卑弥呼直到几年前还是个普通的主妇。

"特别是这封信，卑弥呼大师非常感动。"助手从纸袋里拿出了封好的信封，说，"听说这是丈夫写给住院的太太的信。"

　　信？我有给过她们这种东西吗？从助手手上接过信后，稔看了看内容。

　　——弥生，真的很对不起。看到你倒在地上的时候我不知所措，心里只有紧张。所以，我……逃走了！我真的很懦弱，很无耻！我无法原谅弱小的自己！

　　所以，知道你活着，我真的很开心。真的，我非常开心。

　　弥生，我希望你活下去。不管是什么形式，不管是什么样子，我希望你活下去。

　　你肯定只是在一个很长很长的梦境里。所以，我希望你永远活下去。就算那个梦里没有我，我也希望你活下去。

　　"看了这封信之后，卑弥呼大师才决定引导那位丈夫放弃尊严死，选择让太太活下去。因为大师认为这封信才是丈夫真正的想法。"助手小声说道。

　　原来是这样啊，难怪那个丈夫才会在最后关头放弃尊严死。

　　……可是，总觉得这封信不大对劲。真的是那位丈夫写的吗？话说，我可不知道有这封信啊。

　　"这不是那位丈夫给我的。"我抬起头，发现助手已经不见了，眼前的是另一个人。

　　"啊，是那个情景短剧吗？"

　　台里的新人播音员对他说道。这位播音员之前一直在旁观稔和助手交谈。

"方不方便让我拷一份？我错过了节目。"

"嗯，好啊。反正今天很闲。"

而且我自己也想再看一次。那段情景短剧实在是太棒了。

咦？

一边拷贝一边收看情景短剧的稔，发现剧里的内容与自己知道的有所不同。稔知道的内容是新城一开始给自己看的，也就是电视上播的内容。但这份录像带不一样。当然，出演者和主要内容都一样，但细节不同。

最大的不同是弥生出事时的样子，她穿着芥末色和青苔色的条纹围裙。说起来，这个场景还是第一次看到。我翻到背面确认标签，上面写着"弃用"。

"有点不一样吧，正式节目里删掉了那个场景。"

突然冒出来的人把稔吓得一缩。

原来是新城。

"午饭呢？还没吃吧？去吃炖牛肉吗？那家西餐厅的。"

那家西餐厅在电视台附近，新城很喜欢。去那里的时候，新城必点炖牛肉。炖牛肉是那家店的招牌菜。我想起新城曾经说过"不过，我知道有个地方的炖牛肉比这里的还好吃"。

"嗯……嗯……是啊……不过这次就算了，我现在不饿。"

稔答道。

"这样啊。那我自己去。"

说完，新城套上了贴着电视台 Logo 的夹克，胸口黏着饭粒。要是平常我会开个玩笑指出来，但今天没那个心情。

稔看着离开房间的那身耀眼的粉红夹克，心里十分迷茫，不知道该怎么整合脑中散乱的情报才好。

既 视 感

　　【既视感】似曾相识的体验。感觉第一次见到的景象、人物等自己曾经见过，是一种记忆错误，多在疲劳时出现。

二〇〇三年（平成十五年）春

"真没用！"

男人的怒吼声使我产生了轻微的眩晕，听筒都快掉了。我用力握住听筒，很想直接就这样挂掉，但仅存的理性还是让我将听筒放回了耳边。然而电话已经挂了。

身体在颤抖。绘美砸下了听筒。

几道目光射了过来，但很快就回到了原处。然而有个派遣小姐好像没把握好时机，我们的目光对上了。蔚蓝的眼影，不过不适合她，肯定是从那本时尚杂志里学来的吧？与封面模特的颜色一样，可是，不管怎么说也太浓了。发型也是，就不能想想办法吗？那好像是当下的潮流，但那一圈圈的卷发和带金线的鲜红发圈明显不适合工作场所。指甲也是，也不知道叫指甲彩绘还是什么的，整体粉红，尖端的一点居然是黑色的，感觉很不干净。不管打扮得多么新潮都必须按规定穿鲜红的夹克，所以这一切都是白费功夫。真是的，这夹克土得都要掉渣了。

我心不在焉地扫了办公室一圈。一个个红通通的后背正埋头于各自的工作，再加上白色的墙壁，这景象就像是好几面鲜艳的旗子在风中飘扬。

嗯？今天人很少啊。我瞟了一眼通告栏，有五个销售人员出外勤，一个早退，一个缺勤。

缺勤的人是内山。

他有联络过吗？我看向墙上的时钟，已经快五点半了。视线转回来的时候，目光又与派遣小姐对上了。今天这已经是第五次了，什么嘛，她想监视我吗？我是新来的，她的资历的确比我久。

我调到这个营业所并享受所长待遇是在半年前。销售人员十二个，后勤人员三个。所有人都是合同工，基本都是半年内分配来的。已经派遣过来一年的她，资历虽然最老，但她却很年轻，还不到二十五岁，比我至少年轻二十岁，这个年龄都可以当我的女儿了。

女儿啊，原来如此，也许这就是她叛逆的原因。她把我当成了自己的母亲……想太多了吧。其实只是因为那个年龄的女孩不喜欢我这样的领导。她们会在女领导身上寻找各种各样的缺点，说句我可不想变成那样。擅自把女领导当成反面教材。不过她们最终都会变成那个自己不想成为的人。着实让人同情。

哈啊，肚子饿了。

说起来，午饭还没有吃。香烟和钱包在抽屉里若隐若现，似乎已经整装待发了。

不过，工作还没处理完。电脑屏幕上是顾客数据，这是上个月完成的单子，都不到目标额的一半啊。

我不禁叹了口气。

在总公司的所长会议上，估计又要被那个体育系的销售部长批得体无完肤吧。前田部长，虽然是个三十岁上下的年轻男性，却很能干。他原来好像是某个得到融资的企业董事，后来被人事挖过来了。虽然进入公司还不到一年，但他现在的话语权甚至可以压过社长，听说很受年轻人追捧。也有很多人把他誉为明星部长。这个营业所的女孩子也是，提到部长的名字就会兴奋起来。那种男人到底有什么好的，就是个粗野的男人而已。

肚子果然好饿啊，胃像针扎一样疼。去买点什么回来吧，不行不行，员工都在盯着。要是我这个管理者没到下班时间就离开，这里瞬间就会乱套。要忍到下班，还有三十分钟，还有二十分钟，还有十分钟，还有一分钟……

……代替下班铃的音乐响起，我站了起来。

*

咦。这种感觉，好像不久前也有过。

公司附近的便利店，绘美在架子前，产生了轻微的眩晕，浑身上下轻飘飘的，使不上劲。午饭果然不能不吃啊，早上也只吃了饼干，啊，不行，感觉摇摇晃晃的，得好好吃点东西恢复体力才行。

蔬菜汁、海鲜沙拉、泡菜饭团、豚骨拉面、布丁还有……啊，《Frenzy》已经发售了。原来今天是十五日啊，都到发售日了。三月已经过去一半了吗……绘美随手翻了翻那本杂志，她当然想买，只是想早点看到其中某部分的内容。连载小说《给你的爱》——这部上个月开始连载的小说正中绘美的靶心。无名艺人川上孝一与当红作家美纱纪曲折的恋爱物语。啊，榛名美纱纪的小说真的很棒，可甜可苦，有点让人心痛，但是却很温柔，让人欲罢不能。那么，暂时分开的孝一和美纱纪在这星期又会怎么样呢？

咦？小腹好像有点痛。十五日啊，差不多了吧，买点那个备着吧……收银台那只有一个男孩。怎么办？算了，就这样吧。绘美把那个放到提篮底下，然后用《Frenzy》盖住。

可是，收银的男孩却不管那么多，直接粗暴地拿起《Frenzy》，那个露了出来。"什么？你都这把年纪了还用得上这个？"他用让人火大的缓慢动作把那个塞进纸袋，期间还瞟了绘美好几眼，似乎有很大的意见。

什么嘛，动作麻利点啊。快点！你就不会不好意思吗？

"女人要是自己去便利店买生理用品，那她就算完了。"

啊，这个场面之前也遇到过。

不对，是那家伙对我说过的话。我跟前夫两年前离婚了。现在，还想用这句话来限制我的行动吗？我在什么地方买什么东西又有什么关系呢？

绘美心里不悦地想着。

"一共一千五百六十八日元。"

男孩把塑料袋的提手部分转了三圈，然后说道。

他的脖子微微倾斜。这孩子的眼神真凶。是在向我施压让我快付钱吗？等一下啊，钱包，那个——钱包。啊，原来在这里啊。夹克内袋，咦，不对，这是烟，钱包、钱包。难道忘带了吗？讨厌，别用那种眼神看我啊。等我一下，我记得是带来了。啊……这个触感。绘美一边祈祷着，一边从夹克右边的口袋深处抽出了折得小小的五千日元钞票。得救了。

走出自动门，发现外面下雨了。

这下可头疼了，雨还挺大的。那就抽一根吧。便利店前的停车场的垃圾箱旁边放着一个烟灰缸，那里是被禁烟的办公室流放出来的烟民们的小小绿洲。

烟有点潮了，大概是受此影响，味道与平常不一样。

隔着吐出的烟雾，可以瞥见正要返回的那栋杂居楼的轮廓。灯几乎都没亮，这也难怪，今天是星期六，其他公司都没上班。说起来，我已经几天没休息过了？我的固定休息日是星期一和星期二，不过最近一直连着上班。处理投诉和物业管理联合会的说明会，发传单……工作一项接着一项，没有时间休息。可是，薪水却没见涨。而且连加班费都没了，收入反而少了。都怪这个头衔。

"哼，什么所长啊。"绘美吐出了这么一句。

说是所长待遇，可名片的头衔却加了"代理"两个字。没错，是代理，也就是说公司是想强行塞个头衔给我，扣掉我的各种津贴，而且还把我发配到这种地方。这个街区确实很大，公寓也很多，而且还在新建一栋栋的住宅。如果要拓展客户，这是最理想的地方。事实上，和我们竞争的公司也是争先恐后地想杀进来。不过大家在这都待不久，估计在一年之内都会撤退，我们公司也不例外。一年后，无法想象那时候自己会在哪儿。

一个初露老态的女性走出了便利店，我们的目光对上了。"讨厌！在这里抽烟……"什么嘛，为什么用那样的眼神看我？这里是吸烟区，吸烟有什么不对？绘美把烟丢进了烟灰缸。

雨没有停的迹象。

不过现在才买塑料伞也太傻了，只要回营业所，那里也有备用伞。避一避雨再走吧。绘美又抽出了一根烟。

真没用！

男性的怒吼声又出现在耳边，他是上个月签约的客户，是个粗暴的男人。

"说起来，都是因为内山前期没处理好。"

怒火涌上心头。

"如果处理得好一点，就不会恶化到现在这样了。"

绘美把刚点着的烟塞进了烟灰缸，银色的烟灰缸就像那个男人的头一样……

*

男性梳了梳贝多芬式样的银发，炫耀般地把烟捻碎，简直就是黑道的恐吓。按照惯例，接下来肯定会出言威胁。

"你们不是说过会加快工程进度吗？"不过男性的语气很平静，"你们说过上个周末施工，这周开通的吧？"男性转向进了厨房一直没出来的妻子，提高音量，"我说，你也听到了吧？"

嗯，是这么说的……

一个细微的声音断断续续地飘了出来。内山坐在绘美旁边，那身鲜红的夹克摆出了抗议的姿势。绘美轻轻拉了几下他的袖子，制止了他。可是，印着"JAPAN 光"的后背却不受控制地微微颤抖。不过这夹克毫无品位可言，这种衣服我一秒都不想穿，但穿这种衣服是员工的义务。这是那个体育系部长的提案，听说设计也是部长定的。他本人似乎非常喜欢，据说在自己家的时候也会穿这件夹克，不过品位是糟透了，这红色也是我最讨厌的。内山这样的男性毕竟还年轻，穿着还算合适，但我就……映在餐具架玻璃窗上的自己活像一个达摩。

"你说过这周会开通的吧？"贝多芬又用这话挖苦道。

"是的，因为分售公寓必须经过物业管理联合会的同意，如果动工前是集体住宅，就要开说明会。"

连我自己都觉得这日语说得一塌糊涂。

"物业管理联合会的同意？说明会？我说，你之前听说过这事吗？没听说过吧？"

嗯，是这么说的……

内山站了起来。绘美再次把他拉了回来。

"就是因为你们说施工很快，我才选的你们。我本来想选别的公司。那家电力公司速度是业界第一，那家电信公司价格很低。"贝多芬一一列举竞争对手的公司名称，"你们的优势不是迅速应对和施工吗？主页上是这么写的吧？说什么马上就能通网。"

"嗯，是的，论施工速度，我们不会输给其他公司。不过在这之前……"

"这是夸大宣传的虚假广告！"

都说了！这次，绘美的夹克缓缓地飘了起来。但看到自己映在玻璃窗里的身影后，她控制住了。

"可是，现在也没办法了……"男性的妻子终于拿着托盘从厨房里出来了，"再等一下吧。"

妻子把茶杯摆到了桌上，她一直低着头。

*

说到底，那位太太才是罪魁祸首吧，我们说的事她根本没有转告丈夫。从内山签合同的时候开始，我就有种不好的预感。那个分售公寓已经有两家宽带服务提供商了，再上门推销没有意义，但内山却兴冲冲地报告说有希望签合同，看来他是找那位太太谈的。这里常有这样的事，优柔寡断的夫人不会拒绝打发推销员。我就知道会惹出麻烦，不出所料，丈夫马上就打来了电话。我做好了准备，结果却跟我的预想相反，他说想正式签合同。现在想来那就是泥沼的入口，两天后我们被叫去他家，被他那烦人的言辞折磨到深夜。

接下来也一样，施工太慢、收费方式太复杂、速度太慢之类投诉没完没了。我喜欢的网站从昨天到现在一直打不开，你们想想办法。我反复跟他说那不是我们的问题，但他就是听不进去。结果他丢下一句"真没用"单方面挂掉了电话。真是的，不仅业绩不好，还被蛮不讲理的家伙缠上。按这状况，估计还不用一年我就会再被发配到其他地方。如果只是发配边疆倒还好，要是——

雨停了，绿灯在闪烁，绘美发起了冲刺。要是被这里的十字路口困住，就很难脱身了，这大概也是事故多发的原因。以前有一次我差点在这里被摩托车蹭到，估计最近也出过什么事故吧，人行横道的线上有擦痕。

营业所黑漆漆的，门也已经锁好了，今天大家回去得都很早。话说，我不是还在吗？真是的，密码是……那个 882323，与一个著名主持人的名言同音。

打开灯，看到通告栏上写着一排"直接回家"。全部都是派遣小姐的字。她很机灵，就算没有联络，只要时间到了，她就会在出外勤的员工名字旁写下"直接回家"。其他员工也很清楚这事，最近多数人不会主动联络，这种散漫的风气一天比一天重。下次要严肃地整顿……不过，估计没效果吧。

不想那事了，为什么连我都是直接回家啊？而且写得很随意，比别的字难看。

绘美把自己名字旁边的"直接回家"擦掉了。

真是的，这是在恶心我？也许真是，她讨厌我，听到她说我坏话也不是一次两次了。那其他员工呢？不喜欢我是肯定的，也许把我当成傻瓜了……真丢人。

啊，又是一阵眩晕。总之先吃东西吧等吃完再发愁吧。从塑料袋里拿出泡菜饭团的时候，绘美的动作停住了。

啊，小腹，难道要来了？不不，得先整理报告才行，之后再去厕所慢慢解决。

"难道连电脑也被关了？我还没输完啊。"

屏幕一片漆黑，不过一动鼠标就出现了熟悉的图表。看来就算是那个爱管闲事的派遣小姐也不至于把电脑也关了。

总公司发来邮件了，是营业部长发来的。

——有客户投诉，叫我们十八点三十分去客户的公寓，我也同行，在公寓前等。绝对不能迟到，严格守时。

绘美的身体像虾一样弹了起来。直接找到部长？

这算什么！

是贝多芬。那个男人竟然找上总公司，把部长拉了出来。十八点三十分？现在是几点？十八点十六分，不是吧，绘美再次凝视墙上的时钟。指针真真切切地指着六点十六分。这时候，分针又走了一格。绘美浑身冒汗，脑袋像冰块一样凉飕飕的，可是脸却像开水一样烫。不管怎样，一定要过去才行。那间公寓的话，只要车开快点，应该有办法十分钟赶到。要是被信号灯拦住就是另一回事了。总之，必须赶快，那个部长比贝多芬还难对付。

可是车钥匙不在指定位置。

"真是的！"

绘美的怒吼声在寂静的办公室里回荡。

怎么又是这样！有人直接把车开回去了，一个个都把公车私用！绘美抓住挂钩上那唯一的自行车钥匙，火急火燎地离开了办公室。

自行车发出长长的、沉闷的噪音，终于停了下来。

到公寓了，但却不见人影。

应该没晚多少吧。绘美无视了信号灯和行人，一路飞奔了过来。难道提前到了？绘美抬起手腕一看，没有手表。啊，她忘带了，大概是在桌子的抽屉里，为了不影响工作，她把手表摘掉了。

部长是不是已经进房间了。倒是有可能的，那个部长是急性子。毕竟他是体育系，有时候会冒冒失失地采取行动。他家是几号室来着？好像五楼……五〇六？不对，是个吉利的数字。七、对，是五〇七室。我输入房间号并按下了呼叫键，但对讲机却没有应答。怎么办？对了，手机，打个电话看看。

手机也忘带了。

啊，真是的！

我正要高举双手，这时闪出来一个人影，入口的自动门开了。这人我见过。那个……啊，是六〇七室的太太，前几天她还请我吃了芝士蛋糕。提着垃圾袋走出来的太太眨了眨眼，像看到幽灵一样。居然在傍晚丢垃圾，如果换作我们的公寓，那势必要提醒她。这里管得比较松吧？算啦，既然她帮我开了门，那我就心怀感激地接受这份恩惠吧。绘美迅速从门缝钻了过去。

话说回来，这次是什么投诉呢？还特地联络总公司。不管怎样，我们都没有错，是对方的问题。我不伺候了，堂堂正正地去交涉吧。部长也没什么可怕的。嗯，我要炒掉公司，虽然我离过一次婚，只是个不起眼的年过四十的女人，但存款还是有的。用这笔钱当启动资金开一家咖啡馆也不错，这可是我自小以来的梦想。

绘美在那一户门口做了个大大的深呼吸。手指缓缓地放到门铃电话的按钮上，然后猛地用力按下。回铃音比我预想的要大，后颈的毛孔猛地收缩起来。

咦？

门虚掩着。

咦——这种状况，好像之前也……

一阵闷痛从脖子蔓延到后脑。接着，小腹也隐隐作痛。

讨厌。难道现在来了？我试着夹紧胯部。然而已经来不及了，一股温热的触感流到了脚踝。月经来了？

偏偏在这时候，怎么办？

总之，先借用洗手间吧。

然而，不管我怎么按门铃电话，都没有一丁点反应。

"打扰了，我是 JAPAN 光的人……承蒙关照……打扰了……"

绘美通过玄关门的缝隙悄悄窥探房间内部。玄关后的走廊通往起居室，旁边是面积六叠的日式房间。

啊，这副景象，果然曾经见过。错不了，我曾经在什么地方见过。这是叫既视感吗？

关键是现在肚子难以置信地痛，温热的触感一滴接着一滴落到脚上。绘美的叫声带着哭腔。

"不好意思。有人在吗？"

然而，还是像刚才一样寂静。

我记得刚进玄关右边就是洗手间。进去吧？不不，必须得到主人的同意才行。

"我是 JAPAN 光的，有事找这家主人。我进来了哦，进来了哦。"

绘美轻轻把手放在门把上。

吱——

玄关门发出刺耳的声音，缓缓地开了。

潮湿的空气流了进来，咖啡和黄油奶油混合的气味弥漫在空气中。绘美用力把门开到一半，像是要吹散那股气味一样。

那是什么？呀……血！

心脏提到了嗓子眼。绘美用手挡住脸，但后来发现那是屏幕保护程序的鲜红玫瑰，于是静静地把手放了下来。

起居室的桌子上孤零零地放着一台笔记本电脑。

绘美关上了玄关的门，振动似乎传到了那边，屏保解除了。

电脑还在输入状态，输的是什么呢？我的视力算好的。要是仔细看，在这里也能勉强看清。那个——什么？啊，这么远果然不行啊。嗯？啊，勉强能看到，什么什么？

这时，一股难忍的臭味钻进了绘美的鼻腔。那是从脚边传来的。欸？……什么？是一种黏黏的东西……到底是什么？她把视线往下移，可是看了下方后，她不由得感到害怕。另一方面，说不清是理性还是好奇心的反射让绘美的脖子静静地转过去确认。

呀——

绘美脸颊僵到了极限。她想闭眼但却闭不上。

绘美盯着那个看了一会儿，无处可去的声音在喉咙深处来来回回地游走。

死了，有人死了！

啊。这个场面之前也遇到过。嗯，我记得以前也有同样的状况。还是说，这是既视感？

是什么无关紧要。不管是既视感还是别的什么，总之有人死了。怎么办？怎么办？电话……一一〇，还是一一九？还是？电话……手机……啊，对了，我忘带了！

啊，对了。

绘美发现了走廊墙上的对讲机，想到去按报警键。只要按下它，应该就能联系到保安公司的话务员。绘美贴着墙往对讲机的方向移动，为了不碰到脚边的尸体，浑身绷到了极致。

到底是怎么回事啊？我只是被那个贝多芬叫到这里来而已。说起来，部长又跑哪去了？对啊，部长呢？

"反正就是死人了，快来，死人了！"

绘美对着听筒叫道。可是对方提问的语气却冷静得气人。你在哪里？你是谁？死的是什么人？

"呃——这里是……"

起居室的花边窗帘轻轻地飘了起来，窗户里映出了一件鲜红的夹克。

我？

绘美探出头往对讲机旁边的墙镜细看，焦点渐渐锁定在镜中的自己身上。透过窗帘射进来的光越来越强，仿佛在为她照明。

欸？这是我？不是吧。可是……为什么？

面部浮肿，贴满了创可贴。头上扎着绷带。

掀起夹克，下面是没见过的睡衣。镜子里被血染红的创可贴看着都觉得痛，血从那里滴了下来。难道刚才流到脚上的是这个？

什么？我怎么了？

窗帘外的光洒满房间的时候，不知从何处传来了男性的声音。

"早上好，日本的各位今早起床是不是也充满了活力呢？"

什么？

我战战兢兢地把视线投向声音的方向。那是几乎占领了整个起居室的大屏幕液晶电视。屏幕左上角显示着小字"定时开机 7：00"。

"三月十六日。雨也停了，今天是个愉快的星期日。"

早上好？星期日？

绘美拿着听筒，脑中一片空白。

*

"你知道今天的日期吗？请告诉我公历。"

"是……二〇〇三年……平成十五年三月……"

搞不懂，脑中嗡嗡作响，我怎么了？

"你在十字路口发生了事故。"

一脸不开心的护士开始了说明。

"然后你被送到了这间医院。这是三月十五日，昨天傍晚的事。所幸，事故并不严重，但腹部伤口出血比较多，缝了五针。也许是因为麻醉效果太好，那之后你一直没醒，但早上我往病房一看，发现你不见了，挂在墙上的红色夹克也没了，当时闹出了点小乱子。"

护士的语气明显带着愤怒。看来那乱子可不算小，估计闹得挺大的。可是，绘美不记得事故的事，所以也不记得跑出医院的事。只记得下班的音乐响起后，自己站起来想去便利店买晚饭，之后的事就想不起来了。

"这算是失忆的一种吧。"

护士冷淡地断言。原来这是失忆啊，可是，事实和自己的印象相去甚远。

"你那是暂时性失忆。由于某种冲击或过度兴奋，导致负责记忆的海马体供血不足，从而引起——换种说法，就和喝醉的时候完全没有记忆的状态差不多。不是那种忘记一切，连'我是谁？这是哪？我在干什么？'都不知道的严重情况，请放心吧。"

护士在说明的时候开了一点小玩笑，但她的表情还是一样可怕。"也就是说，我失去了从三月十五号傍晚到十六号早上的记忆吗？"绘美怯怯地问道。

"是的。那段时间的记忆一点不剩，所以醒来以后，你的意识回到了三月十五日的傍晚，并接上了之后的行动吧。被送到这里的时候，你不停地嘟囔着'来不及了，得赶快，来不及了'，你有非常着急的事吧？"

为什么无法用一句"原来如此"轻易地接受这件事呢？绘美环视病房。看来是个单间。

绘美戳了戳腹部。

"一开始可能会不习惯。"护士面无表情地挂起尿瓶，送到被子里。"要忍到伤口闭合。来，肩膀别用力——"

绘美按照护士说的，松下劲。下半身传来一股徐缓的解放感，意识仿佛要从脑中飘走。如果可以就这么睡过去，那该是多么舒服的一件事啊，但现在太早了。排尿顺利结束后，绘美再次开始提问。

"我为什么会引发事故？对方是？"

"你撞上了护栏，速度太快了，但幸好除了你没有人受伤，真是万幸。如果波及其他人，那你就要进局子了。"护士笑了笑说，"不过就算这样，警察应该也会找你刨根问底，你要怎么做？"

"什么？"

"警察想问你话，正在等你。"

"关于事故？"

"不是，是那个房间。"

啊啊，对了，有人死了。这件事我倒是记得清清楚楚。可是，"遇害的是什么人？"听到绘美的话，护士"咦"了一声表情变得很僵硬，这表现很奇怪。绘美见状，一下明白了状况。

"难道你们在怀疑我？"

绘美提高了音调。话音刚落两个男人就进来了，他们似乎一直在外面等待。一个穿着西装三件套的中年男人，他用发油把头发固定得整整齐齐，另一个是穿着三扣西装夹克的年轻男人，他用硬蜡把头发竖得笔直。

"搞错了，搞错了，不是我干的。"

绘美竭力喊道。

"不不，就算是为了还你清白，我们也要把情况问清楚。毕竟你是第一发现人。"发油男露出了没有诚意的笑容，"那你为什么要去那个房间？"

被他这么一问，绘美试着在脑中整理状况。我为什么要去那里来着？一阵阵闷痛在后脑散开。部长，啊，对了，是部长。

"是部长叫我去的。他写邮件告诉我十八点三十分在那座公寓前等他。可是，公车被开走了，所以我骑自行车赶过去——"

啊，不对。按护士的说法，当时我是在重复之前的行动，那是三月十六日清晨的事。我要从前一天，也就是三月十五日傍晚开始回忆。绘美闭上了眼睛。三月十五日……三月十五日……绘美的脑中浮现出自己在白板上潦草地写下"直接回家"时的身影。

*

"您要出去吗？"派遣小姐一边收拾准备下班一边说道。

"对，刚刚部长发了邮件过来，说他要去那个贝多芬那里，叫我一起去。也不知道什么时候才能回去，我就写直接回家了。拜托你锁好门窗咯。"

接着绘美从指定的钩子上拿下了公车的钥匙。如果开车的话，勉勉强强还来得及。

十八点三十分，赶上了，可是部长不在公寓前。他已经进去了吗？打个电话问问？不行，来得太过匆忙，忘带手机了。说起来，电脑也忘关了。算了，那事无所谓。

那现在怎么办？我想了很多方案，结论是按对讲机应该是最好的办法。房间号是……五〇六？不对，我记得是个吉利的数字，五〇七。可是没有应答。难道我记错了？我的手指正要再次伸向按键的时候，扬声器发出了声音。

救命——

    *

头痛得更厉害了，感觉像被尖锐物从后脑插到额头，头没办法继续抬高。我任由重力摆布，上半身陷进床里，意识渐渐模糊。

护士见状，对两位刑警说道：

"看来今天没法再问了。请改天再来。"

两人的脚步声调了个头，接着传来了门打开又关上的声音，然后脚步声隔着门越来越远。这感觉，之前好像也经历过。是谁？你们是谁？是谁？

是谁！

一丝恐惧在绘美体内奔窜，汗水汇成几股流了下来，弄湿了腋下和后背。

可是，看到那一幕的时候，绘美的身体轻轻地靠到了床上。外套发出了夸张的摩擦声。

是派遣小姐。

她穿着与医院极不相称的低胸织衫和流行的荷叶裙站在那里，手里拿着一束百合花。这不适合探病吧，而且应该算是忌讳。可是派遣小姐却不管那么多，直接把花束伸到了绘美的鼻尖。浓烈的香气诱发了头痛。这女孩真是的，真搞不懂她是机灵还是粗枝大叶。

"听说您失忆了？"派遣小姐说道，"是护士说的。"那个护士啊，真是多嘴，保密义务都不管了吗？

"我看她误会我是你的家属了，所以才说了很多情况。"

很多……她到底对你说了什么啊。

"你很辛苦吧……"

派遣小姐那蔚蓝的眼影充满深意望着我。啊，又来了，头又痛了，就像被铁棒从后脑插到了眼球。绘美撑不起那份重量，已经起来的身体再次回到了床单上。

*

救命——

那声音既不是玩笑也不是谎言，是人类临死前的咆哮。那声音叫了两次，第二次的时候，入口的自动门开了。

怎么办？预感到出大事了。如果进去，我就会被牵扯到那事里，撇不清关系。要直接回去吗？可是，如果有事件发生，那就不能袖手旁观，这是做人的基本。可是，我又能做什么？不，毕竟有人在求救。如果现在见死不救，反而会更麻烦。这样会遭到非议，"不可原谅，JAPAN 光的员工对濒死的市民见死不救"，说不定还会被大肆宣传，那我就彻底失业了。怎么办？怎么办？入口的门已经快关上了。

好，在即将关上的时候，绘美的脚踏了进去。

五〇七室前面静悄悄的，似乎有人强行让一切都静了下来。我试着按下门铃电话，没有应答。为了保险起见，我再按了一次，果然没有任何回应。回去吧，该做的已经做了，就算现在回去，也没人会怪我了吧。我正要回去的时候听到了一个声音，好像是惨叫声。声音还在继续，像是一个重物损坏或者崩落的沉闷噪音。

什么？绘美握住了门把，那是类似防卫本能的条件反射。

门轻松地开了。

我闻到了一股淡淡的咖啡和黄油奶油混合的气味，好像是从起居室飘来的。绘美盯着走廊的前方，另一头就是起居室，旁边是日式房间。

有人在，而且不止一个。绘美的直觉在尖叫，想立刻逃走。而理性却在命令她去确认情况。两种想法争执不下的时候，绘美脱掉了鞋，走进走廊，来到了起居室。通往日式房间的拉门开着，绘美屏住呼吸往里窥探。

什么？

男人？一个男人……倒在地上！

*

百合浓烈的香味把绘美从短暂的失神中拉了回来。

派遣小姐正在插百合。

"我借到花瓶了，可是只有小的。"

派遣小姐把最后一枝硬塞了进去。一捧百合大幅摇摆。花粉渐渐把床单的一端染成了黄色。

"如果需要换洗衣物或者日用品之类的东西，就告诉我。啊……最新一期的《Frenzy》您看过了吗？要不要我带一本给您？"

今天的派遣小姐特别亲切，也许她是个心地善良的人。

"谢谢。不过《Frenzy》……"我买了吗？啊，应该买了，与泡菜饭团一起放在办公室了。

"《Frenzy》我已经买了，不用了。"

"是吗？不过最近的《Frenzy》没什么意思呢。特别是从上个月开始连载的小说，没有一点意思，而且作者还跟女主角同名，不觉得反常吗？"

"是吗？"听到自己喜欢的东西被强烈批判，绘美有些不开心。不过这女孩也没有恶意。

"而且女主角的恋人和一个搞笑艺人同名同姓，这不奇怪吗？"

"是偶然吧？"

"还有妨碍他们恋情的麻衣子也……"

对对，那个麻衣子害得美纱纪和孝一分手了。那个麻衣子真是可恨。

"营业所那边情况怎么样？"

绘美委婉地换了个话题。

"没问题，跟平时一样。不过内山先生今天也缺勤。"派遣小姐看着手表说道，"内山到底怎么了？连续两天无故缺勤。"

"没联络吗？"

"没有。"

"……昨天也是？"

"是的……啊、我该回去上班了。我是利用午休时间来的。"

原来是利用宝贵的午休时间来看我啊……这孩子，果然是个善良的人。

不过，内山没有联络啊。绘美独自仰望着已经没有别人的病房上空。

*

内山！

绘美望着在起居室旁的琉球榻榻米上仰面朝天的男性叫道。旁边是贝多芬，还有他的太太。从站位和各人的表情一下就能判断出状况，是三角关系的纠纷。内山显然是奸夫，他和太太调情的时候，丈夫回家了，闹得非常厉害，估计内山刚被揍了。

"不是啊，不是啊。"不过，看来太太是铁了心不承认。不过那半裸的样子完全没有说服力。

"什么不是？这封邮件是怎么回事！"贝多芬指着起居室桌上的笔记本电脑，"内山先生。今天也等你来……啊？这就是铁证，我一开始就觉得不对劲。最近你的妆明显变浓了。"

原来是这样。贝多芬一开始就在怀疑太太和内山的关系，他是为了泄愤才接二连三地进行无理取闹般的投诉。

"你也是！就是因为你没管好部下，所以才会出这种事。所以说女人——"

欸？我？绘美呆呆地伸出手指指着自己，活像一个在逗笑的搞笑艺人。

"对，是你，说的就是你，你这没用的女人，就是因为你没管好部下，所以才会出这种事！"

贝多芬还没问绘美为什么会在这里，就先把愤怒的矛头指向了她。

不，也许他知道我会在这时间来这里。绘美整理了乱糟糟的脑子。贝多芬发现自己的太太会在这个时间勾引奸夫进房间孕育禁忌之爱，于是就把我这个奸夫的上司和总公司的部长叫到这里便于控制现场。

原来是这样啊……可是，部长人呢？前田部长呢？

"我们是真心相爱的！"

穿着短裤的内山摇摇晃晃地站起来，抱着贝多芬的脚。但贝多芬躲开并一脚踢到内山脸上。内山的脸上喷出了野性的火焰，平时那种男演员的气质消失了。

"你这没种的混蛋！"内山扑了过去，这下贝多芬也怒火中烧起来。给了内山一击之后，他叫了一声"混蛋"并猛地抓住蹲在地上的太太的头发。"你们两个在嘲笑我吧！说我没种！是吧！"

"没有，没有。"

"畜生！"

贝多芬的拳头陷进了太太了脸颊。眼看着嘴角被染红。白色的东西吧嗒一下从里面掉了下来。看来牙齿断了。贝多芬见状越来越兴奋，开始用双手殴打太太的脸。太太的脸转眼间就肿得像深海生物一样。

这可不妙，这样下去太太会死的。然而，绘美的身体没有动。面对这种气势汹汹的暴力，会有人站出来喊"住手"吗？见识到这种场面之后，能旁观就已经是极限了。

"住手！"然而，内山叫了出来。

我对你刮目相看了，想不到你这么有男子气概。我还以为你是时下流行的那种轻浮又超怕麻烦的男人。不过，该出手时还是会出手的嘛。可是，这种时候还是别胡乱插手比较好，事情会变得没法收场的。你看，贝多芬不是更激动了吗？他瞄准摔在榻榻米上的太太的肚子，开始狠狠地踢。好像听到了不妙的声音，像是肋骨断了。

"住手，你这家暴的畜生！"内山喘着气说道，同时扑向贝多芬。但这一下也被轻松推开了。内山似乎知道自己的臂力不敌对方，转而使用语言攻击。各式各样的辱骂一句接着一句泼向贝多芬。贝多芬的脸由红变青，刺眼的视线投向内山。接着，内山的脸被狠狠地干了一拳，然后，心窝两拳。啊……这下已经没人能阻止贝多芬了。直到迎来最糟糕的结局。我看向矮桌，篮子里放着苹果和橘子，水果刀自然也有。为什么会有刀呢……不出所料，太太攀上矮桌，抓起了篮子里的刀。

太太！

*

睁开眼睛，眼前是一脸不高兴的护士，说不定这就是她的默认表情。

"你想起一些事了？"

"是的，不过还是片段。可是，我感觉已经知道前因后果了。"

"那就好。那两位刑警又来了哦。不知道该说他们是工作热心还是烦人，或是性急。那现在呢？"

"啊……可是现在还说不清——"

然而，发油男和发蜡男冒冒失失地进了房间。

"你想起自己为什么会去那个房间了吗？"

发油男坐到凳子上问道。

"没……不是……有。我不知道该从哪说起……"

"也许很难受，但请你想起来。请配合我们破案。"

都说了，别那么着急啊，绘美双手扣住额头。

那个……都说了……都说了……

*

"太太！"

绘美叫道。起初只是如针扎般的一点点违和感，疼痛却从那个小点慢慢地呈放射状在体内扩散。

"太太！"绘美又叫了一声，但第二声似乎没能发出声音，取而代之的是太太足以撼动四周墙壁的惨叫。贝多芬和内山把她控制住了，"啪嗒"被染成鲜红的小刀掉到了榻榻米上。

"不关我的事，是这人自己扑过来的，不是我的错！"

对，是扑过去的我不对，我干吗要逼英雄扑过去啊，如果继续旁观就好了，这才是我的做法。

"不是我的错，不关我的事。"

"冷静，别叫了，冷静。"

"我是杀人犯？不要啊。"

"别叫了，冷静，如果你是杀人犯，那我就是杀人犯的丈夫。我会被牵连的。"

喂，你们说什么，我还活着，别傻站着，叫救护车，别傻站着啊！

"不行，没有呼吸。可能已经死了。"

内山，你瞎说什么！

"呀——我这辈子完了！"

"冷静，别叫了，冷静。"

"是啊，太太，你要冷静。总之，先给警察打电话吧。"

　　"不能报警！"

　　"对，不能叫警察！要是警察来了，内山先生，你也会成为共犯的！"

　　"我可不想变成共犯。"

　　喂，什么啊，你们怎么都那么消极啊！有人受伤就要叫警察和救护车，这是常识吧？

　　"总之——藏起来吧，山上或者海里，总之找个地方藏起来。"

　　"要藏的话，大森林不错。把车一起丢在那里的话，暂时不会被发现。就算被发现，也会被当成自杀。"

　　喂，内山，你怎么站到他们那边去了！

　　"可是，现在做的话会被人看到。要干就等到深夜——"

　　"可是，我不想和尸体待在一起，好可怕。"

　　"说的也是，那就去家庭餐厅打发时间吧，反正肚子也饿了。"

　　喂，你们刚才还是一副你死我活的样子，怎么现在这么团结啊！话说，现在不是讨论饿不饿的时候吧！

　　"是啊。关于处理这具尸体的事，我们边吃饭边慢慢聊吧。"

　　内山，你怎么会说这么冷漠的话，居然说上司是尸体。

　　"总之我们先出去吧。"

　　"嗯，有道理。"

　　"好主意。"

　　喂，别走啊，这次的事我会保密的，不会告诉警察，所以快来救我。好痛啊，伤口痛得要命，血咕噜咕噜地从那里流走。求求你们，救我。

＊

"哼……也就是说，捅你的是五〇七室的太太吧。"发油男凝视着绘美问，"那后来你怎么样了？"

"抱歉……之后的事我怎么也想不起来。不过根据状况判断，三人离开房间后，我逃出了房间，驾驶来时的车回营业所。我不知道为什么会开向营业所，大概是因为慌张吧。然后在营业所前的十字路口发生了事故。那里平时就经常发生事故，我之前也被摩托车蹭到过。"

接下来，再加上脑子受到冲击还有麻醉效果太强，我失去了记忆，根据护士的话，我重复了之前的行动，离开病房回到营业所，忘了之前的事，再次前往那座公寓的五〇七室。

然后发现了尸体，按下对讲机的报警键。起居室窗户里映出了一件鲜红的夹克。电视定时开机。我本以为当时是傍晚，结果发现是清晨，朝阳照亮了整个房间——

＊

"你怎么了？能听到吗？"

听筒那头的声音还是一样冷静。话务员反复提出工作手册上的问题。

"死的是什么人？"

绘美又看了一眼倒在玄关前面的人。

……是太太！

"啊……我想起来了，死的是五〇七室的太太！"

"嗯，是啊。"发油男仿佛在说怎么到现在还提这事，"被杀的是捅你的人。"

发油男意味深长地重复了一遍。

"捅你的那个人被杀了哦。"

"打扰了。"

一个头柔顺秀发的年轻男性冲进了房间。看来他是第三位刑警。他把发油男叫到门边，低声说明了情况。不过秀发男的声音很大。他的话几乎都能听见。

"刚刚收到联络，发现了……和……的遗体。"

欸？说是谁和谁被杀了？

"这样啊。结果受害者有三个啊。"发油男露出凝重的表情盯着一个点看了一会儿，然后身体转向绘美，表情略有缓和地说道。

"今天就此告辞，我们明天再来，还有一大堆事要问你。"

"请问……发现的是什么人的尸体？"

听到绘美的问题，三位刑警的视线齐刷刷地集中到她身上。

"是你认识的人。"

发油男挤出不自然的笑容说道。

"我认识的人？"

难道是……内山和贝多芬？

发油男轻轻点头表示肯定。

"欸……可是……那三人……这……"

挂在墙上的红色夹克突然进入了视野。

啊。

紧接着，绘美想起了重要的事。突然出现的记忆太过可怕，她一时不知道该怎么说。尽管如此，绘美还是忍不住问道。

"……那，杀害那三人的是……谁？"

百合的花瓣轻声落到地上。三位刑警和护士锐利的目光射向绘美。

不是我，不是我，不是我干的！真的，我想起来了，我看到了，我看到"那个人"了。是"那个人"把……

然而，那话没能说出口，绘美缓缓地倒下，陷进了床里。

团伙跟踪

【团伙跟踪】集团性跟踪。雇人以造谣或自导自演的方式，伪造目标人物的妄想、恶评、纠纷等，以此令其在社会上丧失名誉或将其送入医院的行为……但，多为被害者的妄想。

二〇〇八年秋（平成二十年）＆二〇〇三年春（平成十五年）

"喂。"

A小姐冷笑着走过来，奈奈子赶紧往后退去。

"喂。"

但她很快就被追上，左臂被抓住了，指尖深深陷进肉里。好痛。

"喂。时尚杂志《Frenzy》上的《给你的爱》不错吧。"

接着，A小姐露出了虚伪的笑容。

简而言之，A小姐是狱霸。K警察署看守所，三号房。益田奈奈子进来的时候，A小姐是一副仿佛已经在这里定居了好几年的表情。据说她已经关了近半年。看守所会羁押这么长时间吗？她这么想着，有人突然搭话。

"正常来说最多二十三天，不过我不是第一次进来，羁押时间一次比一次长。警察常用这一招。"

一个声音满不在乎地解释道。她是这里的常客。这人到底干了什么……那话果然是真的。直到三天前还在这里的另一个狱友B小姐粗哑的声音在耳中响起。

"那人是真的糟糕，她是个天生的罪犯，要是跟她对上了目光那就死定了。之前有个C被关进这里——"

听说那人出去的时候已经是具尸体了。据说是因为A小姐。听说A小姐用尽阴招把C往死里整，逼她自杀。

"那个年轻的孩子是因为盗窃嫌疑被关进来的。她是初犯，看那情况应该很快就会放出去，可惜——"

她咬舌自尽了。B小姐在被子里从头到尾目睹了那一幕，但一直拼命装作没看见。

居然有那种事。

虽然非常难以置信，但B小姐离开这里时低声说的话，奈奈子一直记在心里。

"总之不能违抗她。只要乖乖听话，总会有办法的，小命要紧。那我先走了。"

然后B小姐如脱兔般飞快地逃了出去。

"喂。时尚杂志《Frenzy》上的《给你的爱》不错吧。"B小姐离开那天，A小姐这样说道。

"欸？"

"就是榛名美纱纪的小说。哎呀，难道你没看过？"

"不不。我在看，我在看。那小说很有意思吧……让人心跳不已呢……等不及想看下一期了呢！"

"就是呢……那好像是真实的故事哦……真棒啊……我也想试试那种恋情呢……你读了这个月的吗？"

"啊……有有，当然看过了。"

"怎么样？"

"欸？那个……对了对了，在上一期里失去记忆的孝一杀了人……然后在最新一期……对了对了，是从服刑的孝一和女主角美纱纪在监狱的会见室重逢的场景开始的……"

"然后呢？然后呢？"

"那个……美纱纪哭着说'孝一，我想我用的光……'"

"'照亮你心中的黑暗。光就是爱，光的世界就是我给你的爱。'"

"对对，就是这个。"

"这是经典名句呢……说得真好呢……光就是爱。嗯……心间缭绕呢……然后呢？"

"欸？"

"我问你后面怎么样了？"

后面的我没看。当时只是在美发沙龙瞄了一眼而已。

"那个……那个……那个……"

"果然很棒，你别说！"A小姐突然捂住耳朵，"说了就没意思了！"

"啊，好。"太好了，得救了。

"我不想听你说，你把最新一期的《Frenzy》拿来给我。"

"哈？"

"上个月那期是拜托B小姐弄到的，不过，她已经不在了。你把这个月的弄来。"

A小姐步步逼近。奈奈子逃开了，但很快就被墙壁拦住。

"就是这里，C就是在这里死的。你看，这里还留着血斑吧？"

B小姐的话又冒了出来。这么说来，确实有个什么斑——

"是，我懂了！我懂了！我会叫阿稔……不，是我丈夫带给我的！他明天应该会来见我……"

"咦，你有老公吗？"

"嗯……有。"

"他在干什么？"

"欸？"

"我问你老公的工作啦。"

"啊……那个，在电视台……"

"哦，真厉害！他是电视人吗？"

"不是，也算不上什么电视人。"

"你有个好老公呢。你简直是人生赢家，要好好珍惜才行哦。"

"不，算不上什么人生赢家……"

"那最新一期的《Frenzy》就拜托咯。"

然而，A 小姐还没等到《Frenzy》就出去了。大概是被移送到拘留所了吧。

"哈啊——得救了。"奈奈子无力地瘫坐在榻榻米上。因为稳送来的《Frenzy》不是最新一期的。如果把这本交给 A 小姐……啊。奈奈子挺起了身。榻榻米弹了起来。这是 C 死的地方。我立即逃开，但马上就撞到了墙上。屋内面积只有三张榻榻米大。无处可逃……我受不了了，我受不了这种地方了！快……快放我出去！快放我出去！

"为什么？"

她隔着铁格栅对看守说道：

"不……没什么。"

"那就好好坐着。"

"好的。"

"你只有今天可以独享这个房间。"

看守的预言中了，第二天，新人入场了。是一个三十五上下的长发女性。这人做了什么呢？

刚开始那女的什么话都没说。她正坐在房间正中央，目不转睛地盯着奈奈子。奈奈子被盯得如坐针毡，忍不住开口道：

"请……多关照。"

"我才要请你多关照。我叫美纱纪……榛名美纱纪。"

"榛名？美纱纪？"

"是的。榛名美纱纪。"

奈奈子看了一眼没交给 A 小姐的《Frenzy》封面。

"人气爆棚！长篇杰作恋爱小说《给你的爱》——榛名美纱纪"

榛名美纱纪……奈奈子再次看向坐在自己面前的女性。女性微微一笑，说道：

"没错，那是我写的，是真实故事。那你呢？"

"欸？"

"我问你的名字。"

"……奈奈子。益田奈奈子。"

"啊，你就是麻衣子小姐。"

"哈？"

"你就是麻衣子小姐吧？"

"嗯？"

"你是麻衣子吧？"

"不，你搞错了，我是——"

"哎呀，这个月的，你没看吗？"

榛名美纱纪的视线锁定了《Frenzy》。然后她把书拉到身旁，看都不看就准确地翻开了那一页。

"就是她，麻衣子。"

手指停留的地方清清楚楚地写着"麻衣子"。

"麻衣子真是个讨厌的女人，就知道妨碍我和阿孝。麻衣子害得阿孝被人冤枉关进监狱！不可饶恕，不可饶恕！"

"那……那个……"

"说的就是你。"

"哈？"

"求你了，别再妨碍我们了，别再逼阿孝了！别折磨我们了！开庭的时候说出真相吧！"

奈奈子一步步往后退去。但榛名美纱纪也步步紧逼。

"你知道我为什么来这里吗？是为了救阿孝。救他摆脱那个女人的魔掌。阿孝现在在黑暗中。我想用自己的光照亮他。光就是爱，光的世界就是我给你的爱。"

不正常，这人绝对不正常，她比 A 小姐还不正常！话说回来，榛名美纱纪为什么会被关进来。

*

"缺陷公寓？"

拿着大纲的编剧小暮捻着胡子说道。

电视台附近的小酒馆里，综艺节目的庆功宴上，益田稔把策划案拿给邻座的小暮看。

"嗯，看来是因为那事，公寓的居民们产生了纠纷。"

"缺陷公寓里的居民纠纷吗……不是很有意思吗？"说着，小暮翻过了大纲的第一张。大纲一共五页，全部看完后，他抱着胳膊说了一句"原来如此"。

"这情况相当复杂啊。总而言之，一部分住户认为是缺陷公寓，打算起诉房产商，另一部分住户则以会造成资产贬值为由提出反对，双方争执不下吧。"

"对。这是送来的信。"稔从文件中抽出了信的原件。

"呜哇，真够厚的。怎么说呢，看上去料很猛啊……嗯、嗯，很有趣嘛。"小暮又翻了一遍大纲。接着他沉思了一会儿，然后说道，"……不过，这很难啊。"

"果然你也觉得难？"

"如果是房产商与住户发生冲突，那反派就很明确，所以诉求点也很集中，可以拍出观众容易理解的节目。这种复杂的对立结构，风险很高。最坏的情况下我们会被人当枪使。"

"是啊。"

"而且，事情虽然错综复杂，但缺少某种决定性的东西。如果能发生什么事件就好了，这样就能以此作为切入点设计节目内容。"

"事件吗？"

"对，事件。"

"有事件哦！"

耍单的搞笑艺人"一个人没戏"走到了我们这桌。那人已经醉得很厉害了。

"真的有事件啊！是大事哦，很大的事哦。"

没戏艺人边倒啤酒边重复道。

"真的是大事哦。"

"什么？怎么了？"

"我要结婚了！"

"真的？"

"是啊。等安定下来就去登记改户籍。"

"她是个怎样的人？"

"其实也没什么好炫耀的啦。"

没戏艺人拿出手机给我们看待机画面。

"什么嘛，不是很可爱吗？你们是怎么认识的？"

"她是我的粉丝。"

"这样啊，你找到了一个好女孩啊。那她叫什么？"

"麻衣子。"

"麻衣子啊，这样啊，这样啊，你终于也成了家里的顶梁柱。"

"我还差得远呢，毕竟她赚得更多，目前还是她养我。"

"你太太在干什么？"

"就是普通的派遣员工。"

"这样啊。你也得从前说艺人毕业，当上正式艺人才行。"

"是的！如果有工作的话，一定要找我！"

接着没戏艺人拿着啤酒说着"请给我工作——"，然后去了另一桌。

"那家伙没问题吗？"小暮苦笑着一口闷掉了啤酒，"我可听说那家伙到处都有女人。"

"到处？"稔抓起了一块比萨，"那个都没什么机会上电视的无名艺人？"

"无名艺人反倒有几个狂热的粉丝哦。这叫作小众狂热者。而且，别看那家伙的演绎风格是那样，其实人挺帅的吧？好像跟骨肉皮[1]差不多。"

"连骨肉皮都有？"

---

1 注：外来语Groupie，通常是指追求与明星等公众人物发生关系的狂热者总称。

"而且以前惹出过一点问题。那家伙对其中一个骨肉皮出手，可是那个女人很难缠，他被业界封杀过一段时间。"

"这也是他运气不好。"

"是啊，那家伙运气不好，特别是女人运。要是没有那件事，他现在说不定已经爆红了……算啦，那事无关紧要。"小暮又翻了一遍大纲，"公寓内斗啊……去一趟，取个材吧？"

*

"喂、喂。昨天停着一辆奇怪的小面包车。"

组长木村太太说话时两眼放光。

"难道是电视台的？"

今天是星期三，是"生协日"（生活协同组合的简称，是一种消费合作社）。只要随口在朋友间喊上一句，向生协订购的东西就会送来，不过自然也不是收下东西就完了。吃完午饭后一点碰头，一直聊到四点。虽说是聊天，但十个人聚在一起，还是有点聚会的感觉。说到聚会自然要有茶点，各带一些一起吃虽然只是一条不成文的规矩，但可不能小看这条规矩。一开始带的是百元店卖的零食或者家里剩的食物，但大概在半年前有人带来了别人送的高级巧克力，从那时起情况就变了。巧克力受到一致好评，所以有位与带巧克力来的太太关系不睦的太太，在第二周带了更好的巧克力来。这么一搞，人人都争着带好东西，过了一个月，便宜货和吃剩的都拿不出手了。带的东西要比别人更好。总之这就演变成了攀比，一旦开始就停不下来了。

山冈美津子也觉得这事很无聊，但却带头参加攀比。最近的倾向是"自己烘焙"，再怎么贵都不是独一无二的，第一终究比不上唯一。前几天组长木村太太带了手工蛋糕，还引用了流行歌曲的歌词，烘焙战斗就此打响。经过自己烘焙曲奇饼干、蛋糕、派之后，最近的主流是做成动物和花的样子的点心。当然，包装也不能怠慢。

今天桌上也摆着色彩缤纷的点心，品评会刚刚结束。美津子带了用玫瑰装饰的芝士蛋糕，这是她花了一天做的，结果只换来一句"哎呀，好棒"，让她心里有点失落。说起来，偷吃过的丈夫也没有什么特别的感想。"感觉战争在升级啊！"他只是这样苦笑一下而已。

真是的，所以说男人就是不懂。

"说起来，明明只是去拿订购的东西，为什么会搞成一场攀比大战啊？"

虽然丈夫这么说，但如果只是想拿订购的东西，就用送货上门服务了。事实上也有人以兼职为借口，改成了送货上门。但送货上门要额外花钱。钱虽然不多，但长期积累下来也不少，常规做法是以组为单位订购。因为几个人组团一起下单可以免掉各类费用。

"可是，要去组长家里拿东西吧？考虑到时间和精力，还是送货上门更……"

所以说，男人什么都不懂。对于住在集体住宅，而且有孩子又没工作的主妇而言，最重要的就是邻里交际。如果同住一座公寓的人在搞生协，那就非参加不可。当然，估计也有独狼型的人照样我行我素，但自己属于畏首畏尾的类型，如果不积极地跟大部分人打交道，融入群体的话，不知道会被别人说什么闲话。也不能逞强说什么那也没关系。毕竟会影响到孩子。感叹邻里交际淡薄，人情冷淡的都是高高在上、不谙世事的大人物，实际上，麻烦的交际会永远持续下去。

"是那样吗？我觉得这是个人自由。"

啊，所以说男人根本就不懂。如果没孩子，我也会随便应付邻里交际。我也嫌麻烦啊。如果可以的话，我也不想搞这种交际。可是……

"啊，说来我也看到了，好像是一辆黑色的小面包车吧——"高声说话的是二〇五室的太太，"停在垃圾堆放处旁边的停车场，果然是电视台的？是五〇七室的事吧？"

二〇五室的太太喋喋不休地用高中辣妹一样的语气说着。这位女儿刚念初中的太太越说越乱。在这个团体里，她是最会装嫩的，但其实已经四十八岁了，是最大的。但那种有意模仿年轻人的说话方式只会让美津子感到厌恶。不过她和木村太太关系很好，所以美津子不会把厌恶写在脸上。

"毕竟呢，五〇七室的老公啊，不是在出版社上班吗？肯定是他去电视台安排的哦——"

"匿名取材？啊，没准真是这样呢。"木村太太嘬着茶说道，"说起来，今天来了三个推销的，没准是电视台的人。"

推销的？这么说来，上午也来我家了。是穿着红色夹克的女性，在说网络啥的。

"反正要注意五〇七室。"木村太太的声音变尖了，"毕竟说这是缺陷公寓的，就是那家的老公。说什么楼上的声音烦死人了，就是公寓有缺陷的证据……这件事的起因就是对物业公司提出了这样的投诉。"

"五〇七室的楼上是谁来着？"二〇五室的太太看向美津子。其他人见状，视线通通集中到了美津子身上。

"……啊……是……不好意思，是我。肯定是我家害的……"美津子蜷起身体，人缩小了一圈。

"哎呀，别在意那种事啦。"木村太太大口吃着美津子做的芝士蛋糕，"这种集体住宅免不了有噪音。我家也是，楼上的脚步声非常大。可是，如果在意那种事的话，不就没完了吗？既然要住公寓，就要有一定的心理准备才行。居然说有缺陷，五〇七室的丈夫才不正常。他就是个恶毒的投诉狂。"

嘿欸欸欸欸！呀啊啊啊啊啊！

嘟哒嘟哒嘟哒吧嗒吧嗒吱吱吱吱咔嚓嘟哒嘟哒嘟哒，吧嗒！

不会吧！那两人又开始吵架了。这是家常便饭，友里处处耍姐姐的威风，弟弟翔先是默默地听着，然后突然爆发了。姐姐动嘴还击，弟弟动手对抗是固定套路。一个小学二年级，一个一年级。这正是最烦人的时候，他们最近太过分了。

"给我安静点！"

美津子叫道。但吵架可不会因为这句话就停止，得赶紧让他们吃完上床睡觉才行。七点了。本来是想等丈夫回来再开饭，但已经等不下去了。丈夫今天肯定也很晚。美津子把白菜过了一下水。

嘟哒嘟哒嘟哒吧嗒吧嗒吱吱吱吱咔嚓嘟哒嘟哒嘟哒，吧嗒！

"不是说了你们很吵吗！快停下！安静点！真是的，拜托你们安静点！"

怀上老二的时候，老大还很小，当时犹豫过要不要生，果然是不生比较好吧？两个孩子只差一岁的话，方方面面都很辛苦。自打生了那两个孩子，就一刻也没有放松过。感觉一天到晚都在吼。如果这是远离人群的独栋房子，倒是可以让他们吵个够……但在这里可不行。

"吵死了！"她把菜刀扎在砧板上又吼了一声，孩子们"啊"了一声，然后互相看了一眼对方，一下子老实了。然后两人一起和和睦睦地看起了电视，之前的吵闹好像从来没有发生过一样。屏幕上是一个不认识的搞笑艺人，一点意思都没有，可是他们两个却一动不动地看得出神。

真是的，要是一开始就这样该多好。美津子用菜刀切开了白菜。

叽叽叽叽叽。

欸？好像听到了什么声音。

叽叽叽叽叽。

什么……是错觉吧。

美津子把已经收起来的食材再次摆上桌子，然后扫了丈夫的脸一眼，他正无力地坐着，今天看上去也很累。最近丈夫回家很晚，一直加班，孩子熟睡以后丈夫才回来。美津子给炉子点上火，把砂锅放了上去。依次放入刚切好的白菜、香菇和葱。然后从冰箱里拿出鸡肉馅。

"今天吃火锅吗？"丈夫终于开口了。

"你说今天比较早，所以我就想弄一顿久违的团圆饭。"

"团圆饭？这样啊……抱歉，临时有一项很急的工作。"

在贸易公司上班的丈夫向来经常加班，最近更是连日加班。也许是受此影响，感觉最近说话也少了。他以前非常健谈，连女性都相形见绌，美津子就是因为喜欢那开朗的性格才决定与他交往，后来两人结了婚。她自己属于不善言辞的类型，又是畏首畏尾的性格，很向往丈夫的性格。只要和丈夫在一起，连她自己也会放松下来，自然地露出笑容。有人说过人际关系就像镜子，但和丈夫在一起的时候她才会感受到这一点。如果与丈夫面对面，他的笑容就会自然而然地映在自己脸上。熟人常说她结婚之后表情变温柔了。不过最近她感觉丈夫给自己的笑容变少了，这意味着自己的笑容也会消失。探出头看向锅内的丈夫面部僵硬，没有表情，双目无神，疲劳让眼袋变得十分松弛，仿佛变了一个人。她认识到在容貌的修饰上，表情比装扮本身的影响更大。丈夫那没有表情的脸冰冷吓人。

"这是什么？"

丈夫忽然捏起沙发上的小册子。

"啊，那个啊。今天有人上门推销，说是网络什么的。"

美津子边用汤匙做鸡肉丸子，边说穿红色夹克的女性的事。

"进房间了？"

"因为……是女人。"

"你啊，不能这样。不能随便让不认识的人进屋，不是性别的问题。"

"可是那人——"

"注意点。"

说完后，丈夫的注意力转移到了电视上，那侧脸仿佛是另外一个人。以前他明明会听我说各种事，可是现在却专挑我的刺，不容分说地责备我，甚至看都不看我的反应就回到了自己的世界里。

以前明明不是这样的，完全不是这样的……现在却像换了个人似的，根本就是另一个人。

……说起来，这人是谁？

欸？他到底是谁？那眼睛、那鼻子、那嘴唇，根本就是陌生人。哎呀，你是谁？为什么会在这里？

"喂，怎么了？"

不要，别过来，你是谁、你是谁？

"喂，锅。"

欸？仔细一看，锅里正在疯狂地沸腾。她慌忙把炉火调小。

"你清醒点啊。"

那张脸变回了丈夫平常的脸。

叽叽叽叽叽。

欸？又来了，又是那声音。

叽叽叽叽叽。

"这个星期天，我们出去转转吧？"丈夫温柔地对我说道，仿佛刚才的粗暴都是假的，"偶尔也出去转转吧。你想去哪？"

叽叽叽叽叽。

丈夫往斜上方瞄了一眼。只有一瞬间，像在确认什么东西。

美津子顺着他的视线看去。白色的墙壁，可是，仔细看的话，能看到细小的斑点……什么？

    *

"而且我会发现纯粹是偶然。"

榛名美纱纪紧紧贴到奈奈子身上，在她耳边低语道。奈奈子想尽办法挪动身体拉开距离，但榛名美纱纪紧追不舍。软绵绵的触感。奈奈子惊叫一声挺起了身……听说这里是 C 自杀的地方，太阳照不到，通风也不好，榻榻米已经彻底烂了。可是榛名美纱纪的低语还在继续。

"某一天，我得知自己遭到了团伙跟踪。"

"……团伙跟踪？"

"对，就是利用侦探之类的，把目标人物从社会上抹消。"接着，榛名美纱纪像在朗诵一样，一气呵成地说道。

"就是雇人找目标人物的麻烦。你知道煤气灯效应吗？毁灭目标人物的人生，令其任由自己摆布，将其逼到自杀或送进医院的手段。使用网络传播恶评，或者冒充目标人物说别人的坏话，破坏目标人物的人际关系，使他被孤立。最近不是也有这样的事吗？有人在网上诽谤一家名叫北海道屋的公司，想毁掉它的信誉那件事。"

奈奈子听后身体僵硬，那事就是她干的。

"真是的，虽然不知道犯人是谁，但那人真过分呢。我特别喜欢北海道屋的炸肉饼。"

奈奈子的身体更僵硬了……不，可是这只是个小误会，自己不是有意的，没有恶意。

"不仅仅是网络，还有借路人之口谈及目标人物的关键词。虽说是暗示，但这种手段是最可怕的，要是碰上这种手段，目标人物就会精神失常。"

"暗示？"

"对。"

"借路人之口？"

"对。完全不认识的人偶然出现在那人附近，提到只有那人才知道的事。"

"……那种事做得到吗？"

"做得到啊。应该说就是因为做得到，所以才叫团伙跟踪。"

"啊……"

"还有一种手段不是直接对本人去说，而是通过艺人或播音员转述。"

"不，不是……那种事再怎么说也……"

"你知道吗？电视业界一直在暗地里靠这个赚外快。只要在电视上提到那个关键字，一次能得到三万乃至十万日元哦。还有人专门从中斡旋引荐哦，我也遇到过。我在看电视的时候，电视里突然说'你讨厌鱼吧'。我顿时被吓得打了个寒战。讨厌鱼，这不就是在说我吗。"

不，那只是巧合吧？说起来，那种暧昧不清的话，只要有看电视，就有很高的概率听到吧？

"话说，看守所的便当感觉怎么样？会有鱼吗？"

"……嗯，会有。"

"你看，我没说错吧。敌人还把鱼送到了这里，他们很清楚我讨厌鱼，他们想用鱼让我绝望。不过我是不会败给这点事的！"

这……这个人真的没问题吗？怎么看都不正常。

"你也要小心才行。"

"欸？"

"你是全日本的目标哦。"

"为……为什么我会？"

"谁叫你是麻衣子呢。"

"不，都说了，我——"

"我知道，我知道你不是真正的麻衣子，真正的麻衣子不可能会在这种地方。你是被真正的麻衣子陷害才被关进这里的……真可怜，你成了麻衣子的替死鬼。"

"哈？"

"你还不清楚自己是怎么被关进这里的吧？"

"嗯，确实不清楚。"

对了。我为什么会被关进这地方呢？我做错了什么？我只是闹了一点小误会而已，还有其他人和我一样误会了。可是，只有我被关进这处只有三叠空间的地方，二十四小时被人监视，受到警方和检方的人责问……老实说，我现在依然认为自己做的事没那么恶劣。

"是麻衣子害的。麻衣子是个不择手段的人，窃听、偷拍什么事都干得出来。她也对我做过那些。我讨厌鱼的事，也是通过窃听知道的……我说，你在被关进来之前，没发生过什么奇怪的事吗？反常的事。"

"反常的事？"

奈奈子想起了自己在匿名论坛说"北海道屋"的事的那天。反常的事，反常的事……

"啊，总是半夜才回家的阿稔……我丈夫回家比我还早。"

"你丈夫当时在做什么？"

"他在摆弄手机……"

"就是这个！错不了。你丈夫也是敌人！"

"啊哈哈哈哈哈哈哈……怎么会。"

"你丈夫也是麻衣子的帮凶，错不了。"

现在先把"麻衣子"的事放到一边……我记得，那天稔的表现不对劲。他一直紧紧握着手机，好像很拼命的样子。对了，仔细想想，稔最近非常冷淡。如果我不主动找他说话，他就不和我说话，而且那事也很久没有过了。

榛名美纱纪惊叫一声立马站了起来。然后把手放在耳边，说道：

"你没听到吗？你听，叽叽叽叽叽……能听到吧？"

　　＊

叽叽叽叽叽。

啊……又来了，美津子循声看去。但这次，声音又从另一个方向传了过来。往那边看，结果声音又换了一个方向。与声音捉了一会儿迷藏之后，发现靠近天花板的墙上有个小斑点。

正午，结束扫除，停下来歇口气的时候，从未经历过的强烈不安占据了美津子的内心。

那个斑状物是什么？那是什么？

呀！

突然响起的巨大声音让美津子的身体猛地一跳。

转头一看，电话机正在闪烁。她小心翼翼地拿起听筒……是木村太太打来的。

"我们下午一点聚一聚，你没问题吧？"

"嗯，好。没问题……怎么了？"

"之后详谈。那就一点，在一楼的集会场。"

一点？不好，只剩不到一个小时，得去准备了。

美津子急忙拿出所有衣服。这充其量只是公寓的聚会，而且也不用离开公寓，可是，要是不穿得正式一点，就不知道会被人说什么闲话了。然后美津子花了二十分钟挑衣服，花了三十分钟化妆。

集会现场的每一个人都是生协的成员。

"敌人终于出动了。"木村太太说道。

"敌人"是指宣称这是缺陷公寓的人。成员有十二户，是五〇七室带的头。

"不对，是十五户。四〇七室，七〇四室——"

终于弄到了吗？木村太太把缺陷公寓派的署名放到了桌上。

"二〇五室也被他们拉拢了。"

二〇五室？是那个装嫩的太太。

"对，那位太太也沦陷了。难以置信，明明直到昨天都笑嘻嘻地在一起喝茶……那个叛徒，不是人，恶女。"之前明明关系那么好，不，正因为关系好，所以才会这样，木村太太说话时的表情就像般若恶鬼，"大家没问题吧？不会背叛吧？"

紧张的氛围在集会现场蔓延。

"不会背叛吧？"

在木村太太的叮问下。

"嗯，当然不会。"

"居然背叛，真是太过分了。"

诸如此类的声音响了起来。那声音越来越大，不知不觉演变成了对二〇五室的太太的声讨大会。

"我本来就讨厌那个人。衣服穿成那样，说话也粗俗。"

"她女儿也是……有点那个吧？见人都不打招呼的。"

"我女儿和她女儿同班。我女儿说她不听别人说话，人又自私，很不好相处……好像还有霸凌行为。"

"啊，那事我也有听说。据说她背地里是班里一霸。"

"讨厌，要是我孩子被霸凌可怎么办啊。"

"保持距离是最好的办法。"

"是啊，最好保持距离呢。得告诉我孩子。"

"是啊，无视是最好的办法。"

"对对，这是最好的办法。"

＊

　　"今天的晚饭没有鱼呢。"我在洗脸台刷牙的时候，榛名美纱纪低语道，"肯定是因为听到了我们的对话，所以故意不放鱼……不仅这样，还放了我最喜欢的炸肉饼，敌人还真能干啊。"

　　晚上的洗漱时间结束，从收纳室拿出被子铺床的时候，榛名美纱纪仍在继续私语。

　　晚上九点，到了熄灯时间，榛名美纱纪的低语还没停。

　　奈奈子嘴上敷衍着，但心里只想睡觉，紧紧闭上眼睛数羊。一只羊、两只羊、三只羊、四……

　　"阿孝现在怎么样了呢？"

　　榛名美纱纪的脸突然盖了上来，奈奈子吃惊地叫出了声。牙膏的薄荷味直接吹到脸上。

　　"肯、肯定是在想着你流眼泪吧？"奈奈子答道。

　　和榛名美纱纪关在一起已经三天了。她早就没有余力去反驳或者提出疑问了。

　　"你不相信我吧？"榛名美纱纪的脸近在咫尺。她的嘴唇已经碰到奈奈子的耳朵了。

　　"没、没那回事啊。"

　　"你只是因为嫌麻烦，所以才敷衍我，不是吗？"

　　这方面倒是很敏锐……实际上，说到"阿孝"和"麻衣子"之外的事情上，榛名美纱纪极为正常，说话也很有条理。

　　"这不是理所当然的吗？毕竟我是正常人。"榛名美纱纪低声说道，"疯了的是这个社会，错的是这个社会。世界已经落入敌人手里了，世界处处都有敌人监视的眼睛在发光……你听，能听到吧？你听，竖起耳朵仔细听。你听，那是监视摄像头的声音，或者是窃听器？"

*

叽叽叽叽叽。

啊……又来了。

正在准备点心的时候，又听到了那个声音。那是耳鸣的一种吗？对了，肯定是耳鸣，别在意。

友里和翔正在起居室里玩。他们在玩食物接龙游戏，友里净说以"饼"结尾的词，翔想破头都想不出以"饼"开头的词，眼看就要输了。

"姐姐，你多说点别的词吧。"

"为什么？"

"我们不是在玩吗？既然是玩，就出好接的词嘛。"

"就算是玩这也是比赛，所以要赢才有意义。那我继续咯'炸肉饼'。"

"又是'饼'啊——气死我了。真是的，所以我才讨厌姐姐。"

"为什么啊？"

"因为你完全不懂看气氛，只想着你自己。"

"没有啦。"

"有，姐姐和妈妈一样。木村太太说了，你妈妈不会看气氛，和她相处很累。"

欸？我不会看气氛？和我相处很累？

"而且又爱吸引别人的注意。生协的聚会也是，明明大家都穿便服，就她一个人穿得漂漂亮亮。点心也是，带了一个华丽的烘焙芝士蛋糕，大家都被吸引住了。"

欸？大家都被吸引住了？

……被吸引住了？

叽叽叽叽叽。

啊……又来了。美津子摇了摇头，仿佛在驱赶停在脸上的苍蝇。这时，装着泡芙的盘子从台上滑了下去。

"怎么了？妈妈。"

友里和翔转向了这边。那两人紧紧贴在一起往这边走来，之前的吵架就像没发生过一样。

"别过来！"

美津子的声音不小心变成了怒吼，这不是她的本意。

"……盘子的碎片散了一地，不能过来！你们去那边……我很快就把点心拿过去。去把作业做完。"

"作业做完了。"

"欸？做完了？"

"嗯。习题做完了。"

"让你说谎。"

"真的啦。你看。"

＊

"是谎言。"

榛名美纱纪低语道。

"这世上满是谎言，不能相信。母亲其实是其他人，丈夫是完全不认识的人……连律师也是。"

刚见完律师的榛名美纱纪不停地重复"那个律师是麻衣子的人，那个律师是假的，我知道，因为他净胡说八道。"

实在太烦人了。奈奈子捂住了耳朵。但榛名美纱纪掸开了她的手。

"你呢？没人来见你吗？"

……说起来，稔最近都没来见我。之前明明每天都会来的。

"你真的有丈夫吗？"榛名美纱纪低声说道，"其实你没有吧？全部都是你的妄想吧？"

不管是多荒唐的事，要是在这种环境下听到，都会有一瞬间觉得说不定有可能。

"我有啊，我有老公！阿稔是真实存在的！我们是合法夫妻！"奈奈子声音粗暴，仿佛是说给自己听的，"阿稔是我老公！"

"嘘。"榛名美纱纪捂住了奈奈子的嘴，说，"不行，会被窃听器听到的。"

*

"窃听器？"

买东西回来经过管理员室的时候，听到了八〇一室的太太的声音。三〇三室、四〇九室的太太也在。他们都是生协的成员。

"对，听说有的房间被装了窃听器！"三〇三室的太太用可怕的声音小声说道。

"这是怎么回事？"

"电视上不是说过有人从事搜寻窃听器的工作吗？"

"啊啊。在街上巡查，搜寻窃听器电波的人吗？"

"对，就是那个。干这行的人好像来过我们公寓附近哦，结果发现这座公寓有电波。"说话快得像连珠炮的是四〇九室的太太。

"木村太太说的黑色小面包车就是干这个的吧。"

"……真的吗？"

"嗯。好像联系管理员了哦。"

往管理员那边一看，她点了点头表示肯定，脸上一副为难的表情。"可是又不可能去调查每一个房间，所以我当时让他自己回去了……该怎么办呢？该在全体大会上提出来吗？"

"是啊。"

"这样比较好。"

"就下次全体大会吧。"

其他人点头表示同意。

"不，等一下。"

这时，八〇一室的太太压低了声音。

"没准是那伙人搞的鬼……"

"那伙人？"

"就是缺陷公寓派啦。如果是那个贝多芬，没准真干得出来。也许是为了掌握我们的动向才装的窃听器。"

啊，原来如此。众人一齐点了点头。

贝多芬指的是五〇七室的男主人。他的发型像贝多芬一样，所以有了这么个外号。他特别烦人，在物业管理联合会全体大会上也要叽叽歪歪地挑别人的毛病，导致会议完全没有进展。而且，动不动就恐吓别人，简直就是职业敲诈犯。

"确实，那个贝多芬很爱摆架子。"

"他以为自己是谁啊。"

"总是一副高高在上的态度。"

"而且完全不守规矩。"

"垃圾从来不分类。"

"自己那副德行，还对别人满嘴牢骚。"

"真亏他太太会跟那样的人结婚。"

"那家太太也有一些奇怪的传闻哦。"

"听说她接二连三地勾引年轻男人。"

"她看上去像是一个连虫子都不会杀的老实人，没想到啊。"

"越是这种人越不知道她在背地里干什么。"

不过居然有窃听器……难道是在我家？正在等电梯的时候，一个穿着红色夹克的年轻男性站到了我的身边。对方向我打了一声招呼，所以我也回了一句"你好"。电梯到了，虽然有种不好的感觉，但美津子和那名男性一起走进了电梯。

男性站在美津子前面。夹克上印着大大的"JAPAN 光"。说起来，之前来我家的女性也穿着一样的夹克……不过那位女性脸皮很厚，就算用"够用了"之类的话拒绝也没用，她总能找到说辞，最终还是被她闯进起居室。到头来连蛋糕都被她吃个精光。不过蛋糕是我自己拿出来的，毕竟我刚好在做芝士蛋糕，她又率直地夸道"哇，好像很好吃——"，所以我不得不拿出来。

啊，等一下。

美津子试着回忆那个穿红色夹克的女性来访的事。

对了。那人来过家里之后就总能听到奇怪的声音。那人说着什么网络、电话线路什么的，检查过了家里的电话线路。

难道那人……

电梯停住了，楼层显示的是"五"。穿夹克的男性点了点头致意，然后走了出去。美津子立刻按下了"开"键。手一直放在按键上，在电梯的阴影中观察那名男性的动向。男性在五〇七室前面停下了，按下对讲机。门立刻开了，太太雪白的侧脸在门外晃了一下。男性毫不犹豫地走进了房间，仿佛一切都是理所当然的。

……什么？咦。

强烈的不安再次向美津子袭来。她回到电梯，按下楼层键的"一"。

"那个，管理员。"

她突然走进管理员室，吓得对方肩膀一震，慌忙藏起一个东西，但没藏好，那本杂志啪的一下掉到地上，是时尚杂志《Frenzy》。

"哎呀，真让人头疼呢，都这么大年纪了，还看这种杂志，很奇怪吧？可是，连载小说很有趣哦，看过一次之后就很想看后续的故事，所以就……"

明明没有必要，可是管理员却辩解不停。

"窃听器。"美津子说道，"我家可能被装了窃听器。"

"你为什么会这么想？"

"最近经常听到怪声，叽叽叽叽叽的声音。"

"不是耳鸣？"

"我开始也以为是耳鸣。不过，这次缺陷公寓的乱子是我家引起的。我那两个孩子太吵了，无论我怎么提醒都没用，我觉得肯定让楼下的住户非常不快，所以他为了报复，在我家安装——"

"孩子……太吵了？"

"是的。我一再地提醒，可他们就是不听。"

"是……你家的孩子？"

"两个孩子就差一岁，实在不好带。我实在是没办法。我也不想给楼下添麻烦，可是我想让孩子们自由自在地玩。"

"太太，你清醒点，太太。"

"也许不只是窃听器，连摄像头也装了？"

"你为什么会这么想？"

"因为——"

*

"就是那边的斑状物。你看。"

榛名美纱纪指着一个地方。奈奈子定睛往那边一看，确实有个斑一样的东西。

"不过那不是斑，是摄像头。"

"摄像头？"

"对。就是从那边观察我们的。"

"谁？"

"就是实验者啊。我们是他们的实验品，他们始终在观察我们。你知道斯坦福监狱实验吗？随机选择普通人进行实验，给他们分配囚犯和狱警的身份，让他们在大学里的模拟监狱里扮演各自的角色。那个实验证明了，无论原本的性格和为人如何，拥有了特殊头衔或地位之后，人类就会采取和职责相符的行动。"

"那我们是'扮演犯人'吗？"

"是啊。我们只是被分配了'身份'而已，只是按照相应的身份行动罢了。"

"……哈哈哈哈哈，怎么会有那种事。"

"你还不懂呢……真可怜，你根本不理解自己遇到了什么事，你被陷害了。"

"被谁？"

"就是敌人啊。你是被丈夫陷害了。"

"被阿稔？"

"不是，你认识的那个阿稔已经不在这个世上了……他被人干掉了。"

"……被人干掉了？"

"是啊。现在是一个你完全不认识的人在冒充他，或者……你丈夫也是帮凶，也许他被敌人洗脑了。"

*

"总之，如果下次有调查窃听器的人来，请一定告诉我。拜托了。"

对管理员说完后，美津子急急忙忙去了电梯。已经到这时间了，得赶紧准备晚饭才行，孩子们还饿着肚子。

电梯到了六楼，六〇八室的太太正等着，是隔壁家的人。这人既不是生协成员，也不是缺陷公寓派。门开了，问了声好点了点头，有一瞬间，太太的目光躲开了。过了一会儿，她低声回了一句寒暄……这位太太也不好相处。一直提心吊胆的，搞不懂她在想什么。

"炸肉饼。"

擦肩而过的时候，太太低声说道。

惊讶之余回过头，发现太太带着冷笑看着这边。美津子调整了一下手中的塑料袋，塑料袋里装的就是炸肉饼的材料。友里和翔突然说想吃炸肉饼。他们太烦了，所以今天的晚饭就做炸肉饼。

她为什么会知道。

身体在颤抖。

果然，我家果然被装了窃听器！

"妈妈，你怎么了？"

听到女儿的声音，我突然回过神来。电话、插座、电视、对讲机、收音机、电脑被拆得七零八落，弄得满屋都是。

叽叽叽叽叽。

"妈妈，你怎么了？"

听到儿子的声音，美津子"啊"了一声转过身。

"不行，不能说话！"

对，窃听器还在房间里，在找出来之前不能随便说话。如果说话，整座公寓的人都会听到。

美津子用油性笔而在传单背面写上"去做作业"，然后把孩子们关进了他们的房间。

啊，不过到底是什么人干的？是什么人在我家装窃听器？

……果然是那个穿红色夹克的女的，想来想去只能是那个女的。说不定她现在就躲在什么地方听着，说不定都被她看到了……窗户，窗户开着，得赶紧关上才行。

啊!

窗外能看到红色夹克。探出身一看,那人就是在电梯遇到的穿红色夹克的男性,错不了。他正在入口前的空地慌慌张张地走着。头发乱蓬蓬的男性也在一起,是五〇七室的贝多芬,他太太也在。他们果然和那个红夹克是一伙的!那些人有什么企图?是想找出我的秘密,拿来威胁我,然后再把我拉进缺陷公寓派吧。其他太太也是被他们用这种手段拉拢的吧。或者是想敲诈一笔钱?或者是想拿来当周刊杂志的素材?那个贝多芬在出版社上班。懂了,他是想把公寓纠纷写成一篇搞笑报道吧!太恶趣味了!开什么玩笑。别小看我,我要反过来抓住你们干坏事的证据,揭发你们!

美津子努力往外探,人都快掉出窗外了,但红夹克、贝多芬和太太三人慌慌张张地走进停车场消失了。

就是现在,机不可失!得掌握证据才行。

美津子来到阳台,打开了避难通道。她已经在每年一次的消防检查时听过好几次说明了。只要推下这个把手,避难梯就会伸到下一层。只要沿着梯子下去,就能轻松进入五〇七室的阳台。美津子向四周看看。幸好这里是死角,而且天已经暗下来了,美津子鼓起劲推下了把手。

五〇七室的窗户开着。

好机会!证据,得去找证据。要找出窃听器的证据!

啊!什么?有东西倒在地上……红色夹克?呀!

美津子瞬间躲到窗帘后面。

"……那是什么?咦?"

双脚在颤抖。不要!不是吧……有人死了,有人死了!不,可是,那人好像动了!什么?还活着?死了?到底是死是活?到底是死是活!

美津子捡起掉在一边的满是血的小刀，摆出了防卫的架势。这把小刀肯定是凶器。他们内讧了，这个穿红色夹克的大概是那个女的，是来我家的那个厚脸皮的女的！不要、不要，怎么办？下一个就是我？对，下一个是我，那个贝多芬的下一个目标就是我！

什么？

有声音从玄关传过来，美津子再次躲进窗帘后面。

那个人影缓缓地往这边走来。是谁？是谁？美津子紧紧握着小刀。路灯从窗帘的间隙漏进来，那张脸被照得苍白……太太？对，是五〇七室的太太！

"你……是六〇七室的……山冈太太？你怎么会在这里？"

啊，怎么办？接下来被干掉的肯定是我，我会被干掉！因为那位太太的杀气太可怕了。手上拿着小刀，肯定是来杀人的！

"山冈太太，你看到了？"

美津子摇了摇头。

"你看到了吗？捅了这个穿红色夹克的人是我，那是一个小意外。我把丈夫和恋人也杀了，这也是个小意外，因为他们在怪我。我在犹豫该不该自首。我刚刚正想躲进公寓后院……你也去死吧？"

我不记得那之后我是怎么回到自己家的。我只记得自己的动作比五〇七室的太太更快，自己的刀刺进了太太的腹部。这既不是梦也不是幻觉。

这双手上的血迹就是最有力的证明，再怎么洗都洗不掉。

"喂，你在干什么？"

丈夫对我说道。他今天也很晚，肯定才刚回来。

"喂，美津子。"

"炸肉饼。"

"欸？"

"我本来想做炸肉饼，不过不是很顺利。"

"这，这样啊。"

"友里和翔特别喜欢。"

"是……是啊。先不提那事，对不起。还说今天要出去逛逛。结果突然说要加班。"

"没关系，这是常有的事。话说，你饿了吧？晚饭就快好了。我马上去准备。这就去。只要再下锅炸一下……马上好。"

"啊，那好了叫我。我去阳台抽烟。"

"不行！"

"欸？"

"不能去阳台，别去，不能去阳台！"

"六〇七室的主人……山冈先生。"

那天早上，纯一在管理员室前被人叫住。管理员正在招手，表情很是复杂。

"不好意思，耽误您时间了。那个，我想问您件事。"

"什么事？"

"听说您家里被装了窃听器。调查窃听器的人来过这里，说我们公寓有可疑的电波。那人一开始无法确定来源，不过昨晚打电话来说可能是您家……您太太也说过类似的事，所以应该没错。"

"啊啊。"纯一露出了苦笑。"对，没错。是我家。"

"欸？"

"是我装的。"

"怎么又？"

"……我老婆最近不大对劲，我在监视她，免得她做出奇怪的事。"

"哦……原来是这样啊。"管理员点了点头，似乎明白了，"一家之主也很辛苦呢。话说，您家有孩子吗？"

"没有。"纯一又露出了苦笑，"我家没孩子……以前有两个孩子，但在六年前……死于事故了。"

*

"好，OK！"

随着导演话音落下，四周响起了"辛苦了"的声音。

纯一的扮演者和管理员的扮演者舒了一口气，放松下来。

"哎呀——很棒，很棒！"

编剧小暮把脚本卷了起来，上面的标题是"T 公寓凶杀案的真相！情景再现短剧用"。

"哎呀，这次的收视率应该也不错吧。百分之十八是稳了吧？"

"但愿如此。"益田稔答道，那表情仿佛在说这可未必。

"哎呀，没想到那个悬案会以这种形式解决。凶手居然是楼上的太太。"

"确实，我也很意外。"

"我记得凶手是由丈夫陪着去主动认罪的吧？也就是说丈夫知道妻子的罪行。"

"不管发现没有，隐藏太太罪行证据的好像就是丈夫。"

"是他销毁了太太通过避难通道进入五〇七室的所有证据吗？"

"是的。重新调查六〇七号室的避难通道时，测出了大量鲁米诺反应。"

"不过，之前一直瞒得好好的，为什么事到如今还要主动认罪呢？"

"这事可别说出去……其实我曾因为其他节目去那座公寓取材。当时我偶然问了六〇七室的丈夫一些问题……我就觉得好像不对劲。丈夫的样子很奇怪。该怎么说呢，感觉他有些话痨，说什么记忆源检测之类的，非常可疑。"

"原来如此。他是看到电视台都来取材了，认为已经瞒不住了，所以才放弃的吧。"

"应该是。"

"不过，亏你能在这么短的时间里查到这么多事。对你刮目相看了。"

"其实啊，我当时突然想到了一件事。之前那个公寓的住户曾经寄来一封信，你记得吗？是在五六年前。之前不是给你看过大纲吗？围绕缺陷公寓的居民纠纷。挺有意思的，当时还准备取材来着，不过还没去就决定不采用了。"

"嗯，不好意思，我不记得。"

"也是啊。我也忘了……后来我从纸箱底下拿出来一看，寄信人居然是那座公寓六〇八室的太太，也就是凶手的邻居！信上详详细细地写着当时的纠纷，就连各住户的家庭环境都写得很清清楚楚。当然，六〇七室也有写。那算是一种偷窥癖吧。"

"到处都有那种恶趣味的大妈啊。不过，这太走运了。"

"是啊……不过也是我们不慎重。"

"不过。这事与今年秋天的凶杀案无关，这倒是有点遗憾。"

"你说的是出版社的编辑遇害的事吧？那事好像真的只是个偶然。仅仅是碰巧买下出过事的房间，然后又碰巧发生了凶杀案。"

"那就可惜了，如果是因为有人在暗中推动或者有不为人知的原因之类的，那就有意思了。"

"那就该轮到天照卑弥呼出场了。"

"话说……"

"嗯？"

"你太太怎么了？"

"欸？"

"就是听到了一点传闻……"

"嗯……律师说不会起诉。"

"那不是很好吗？可喜可贺啊！"

"没什么好高兴的。"

"为什么？"

"昨天我去看过她。她看着我的脸问我是谁，样子很是奇怪。"

"别放在心上。她只是在陌生的环境下出现了暂时性的混乱。毕竟看守所和异世界差不多，连自己是谁都不知道的情况也很常见。不过没事的，很快就会恢复正常。"

"但愿如此吧。"

"什么啊……有麻烦吗？"

"没。该怎么说呢……那家伙被捕我也有责任。"

"我记得你太太是在网络论坛上诽谤中伤食品制造厂，以诽谤还是妨害业务的名义被逮捕的吧？"

"嗯……我看那家伙很热心地在论坛上发帖，所以就发了赞同的帖子……用手机。"

"真的？"

"因为她当时真的非常生气。对着电脑叫着去死吧，火大什么的，我没记错……我实在看不下去了。我想平复她的心情所以就……结果起到了反效果。反而火上浇油了。"

稔舔了舔干巴巴的嘴唇。但再怎么舔那里还是越来越干……要说实话吗？自己回的帖子其实是否定奈奈子的话。"根本就没有什么裹着手指的炸肉饼事件。别发帖乱说啊，你这垃圾。"自己一直这样攻击她。

"这样啊……不过，你别放在心上。还有，这事别对任何人说，也别告诉你太太，要把这事带进坟墓。作为补偿，你要好好对你太太。"

"嗯……我会的……我会用一辈子好好待她。"

虽然嘴上这么说，但稔舔着嘴唇想道，连我自己都觉得这话太虚。与此同时，稔大大地叹了一口气，露出苦笑。

二联性精神病

【二联性精神病】感应性精神，也叫两人共享的疯狂。据说产生妄想的人会与关系亲密或共同生活的正常人共享自己的妄想，也包括碟仙、驱除恶灵和邪教组织的集体精神失常。在真实发生的案件中，藤泽除魔分尸杀人案和希尔夫妇被外星人绑架事件较为有名。

〈二〇〇九（平成二十一）年冬〉

好像有传真。

我全神贯注地听着收信的声音。

不是吧，这是什么？

接着，我强行抽掉了即将吐出的传真纸。

不是吧？不是吧？那个女人，难以置信！这肯定是假的吧！肯定是假的！到底怎么回事，为什么要折磨我们两个？要妨碍我们吗？

疯了，疯了，那个女的疯了！

这是假的，肯定是假的！是那个女人的妄想！肯定是妄想！

爱着孝一的只有美纱纪！

*

我现在非常后悔发了那份传真，川上孝一在第二天被人捅了。

虽然保住了一条命，但却没有恢复意识，现在还没脱离生命危险。

而今天是被告的初审。都快开庭了，麻衣子还在纠结要不要去旁听审判，最后她坐上了地铁。

霞关站 A1 出口。麻衣子一走出地铁口，湿热的风便往她的裙里钻。手刚按上去，一侧的裙子就像轻纱一样飘了起来。回头望去，后面是长得很漂亮的女性，穿着白色罩衫一步一步走向这边，就像从无底的井里爬上来一样。目光对上了，心跳自然而然地变快。但那人一转眼就走出了地铁口，快步超过了我。我舒了口气。没事的，没事的。我把双手按在心脏上这样告诉自己。

不过，法院的安检还是老样子，堪比国际机场的规格。她开始打退堂鼓了。

"没事的，这安检就是看着吓人，其实没什么大不了的。只是随便看看包里的东西而已，就算藏着小刀也不会被发现。之前也是——"

第一次来这里是二○○六年的秋季。

我每次想起当时的事，各种感情就在心中肆虐，脑子晕乎乎的。

"他没错，阿孝什么错都没有。"

麻衣子轻轻闭上了眼睛，坐在被告席上的孝一侧脸在脑中浮现。苍白的脸颊、摆动的长睫毛、颤抖的嘴唇、帅气的喉结……那一瞬间她想着必须要保护他，我必须保护他才行。

"对，全都是那女人的错。"

都怪那个女人插足，把阿孝逼上了绝路。所以他才会精神错乱，连我都不认识了。光是这点就不可饶恕，她还……她还……

"难以置信，居然会变成这样。那个女人……疯了。"

    *

四二一号法庭，法庭里挤满了旁听的人。除了记者席，其他地方几乎都被女性所淹没。麻衣子弯着腰，走到从后数起第二个座位上，轻轻坐了下来。

好痛。

疼痛在肩膀蔓延。抬头一看，原来是刚进来的那位女性的挎包从肩膀上蹭过。时尚杂志《Frenzy》从包里露了出来。

"啊，对不起。"

女性轻轻点了点头，坐到了麻衣子的前面。白色罩衫渐渐占据整个视野。麻衣子挪了挪上半身，向着栏杆那头看去。

过了一会儿，被告戴着手铐和腰绳，夹在两位法警中间走入法庭。

身着砖色的运动服，脚踏拖鞋。明明穿得这么寒碜，但看上去却很健康，脸颊丰满，嘴唇温润，甚至还带着笑容……不可饶恕，把阿孝害成那样，她却那么从容。

三位法官进入法庭，"起立"声响起。被告站了起来，同时环顾旁听席。目光对上了。麻衣子的目光比对方更强硬，可是被告依然是那副笑容。

行完礼就座之后，审判长立刻把被告传到了证言台。被告缓缓走上了中央的台子。

"请报上姓名。"

"我叫……"

审判长表情僵硬。辩方律师慌忙在被告耳边低声建议大声一点。

"我叫榛名……美纱纪。"

"职业是？"

"小说家。"

接下来是宣读起诉状，告知缄默权，在询问是否认罪时，被告清清楚楚地予以否定。

"不是，我们同意。我们同意。"

辩方律师慌忙更正道。法庭上出现了一阵议论。

什么嘛？这个女人是想扰乱法庭吗？就是这样，肯定是这样吧。她是想装作精神错乱，争取无罪判决。不能让她得逞。决不能让她得逞。赶紧让她认罪吧。

议论声静下来之后，检方开始了开庭陈述。案件的梗概一一得到说明。

"——榛名美纱纪三十四岁。二〇〇一年（平成十三年）凭借《温柔的礼物》出道成为小说家。二〇〇三年（平成十五年）开始在宝门社发行的时尚杂志《Frenzy》中连载《给你的爱》。这是无名艺人和当红女作家的恋爱故事，得到了很多二三十岁的女性的支持，掀起了一股'你爱风潮'。该书基于小说作者自身的经历，作者现实中的恋人川上孝一先生就是无名艺人的原型——"

啊。麻衣子坐不住了。

不对，完全不对。阿孝根本不认识什么榛名美纱纪。是榛名美纱纪自己迷上阿孝的，狂热地追捧他！什么小说是真实故事，但那全是妄想！

麻衣子本想抗议，但见审判长清了清嗓子，又不情愿地坐回了椅子上。

"——但工作不顺，以及与粉丝的纠纷导致川上孝一先生反复出现精神错乱，二〇〇六年（平成十八年），他与恋人榛名美纱纪吵架，最终持刀将其刺伤。"

不，所以说，这里的细节也不对。话说回来，榛名美纱纪根本就不是他的恋人。而且阿孝变得不正常就是被榛名美纱纪执拗的骚扰行为害的。他看到自己的事被写进小说和随笔里，想要进行抗议却被出版社无视，然后陷入了神经衰弱。

"虽然川上孝一被判处缓刑，但榛名美纱纪却留下了很深的伤。尽管如此，她仍努力寻求和解，但川上孝一先生的一个狂热粉丝麻衣子却处处阻挠——"

狂热粉丝麻衣子？喂，难道指的是我？阻挠……开什么玩笑？我才是阿孝的妻子啊。他被怪人纠缠，我把人赶走不是理所当然的吗？

"麻衣子强行与川上孝一先生缔结婚姻关系——"

喂、喂，别胡扯啊！什么强行啊？谁强行啊！

"榛名美纱纪收到了麻衣子的传真，上面写着'我怀孕了，别再缠着他'。于是陷入绝望，造访了川上孝一先生的家。"

果然不该发那封传真啊。可是，我怀孕了哦。如果这个女人继续纠缠，下次有危险的就是宝宝了。身为母亲，我一定要保护宝宝才行。所以我才要警告榛名美纱纪。

可是……却起到了反效果。我现在非常后悔，我该想其他方法的。

"这样下去两个人都会完蛋。在这个世界我们注定有缘无分，那我们就到那个世界。想不开的榛名美纱纪就——"

到了那个世界，你们也不可能结为夫妻吧……欸？什么？往右边一看，邻座的女性正用手帕按着眼角。她的膝盖上放着时尚杂志《Frenzy》。左边的女性也把《Frenzy》抱在胸前，脸颊湿漉漉的。而旁听席处处都有抽泣声。

"榛名美纱纪想不开，认为两人只能在那个世界结为夫妻，于是抱着赴死的决心刺向了川上孝一先生——"

孝一流血的样子在麻衣子眼前浮现。

那是一副让人难以置信的景象。打开玄关的门，拿着小刀的榛名美纱纪站在那里，她的脚边是浑身是血的孝一。

"阿孝！"

这话忽然脱口而出，麻衣子慌忙按住了自己的嘴。被告席的榛名美纱纪淡淡地笑着看向这边。麻衣子气得浑身发抖。

是你害的，是你害的阿孝！是你害的，你毁了我们的一切！都是你害的！

眼前的一切突然猛烈地摇晃，有东西从鼻子出来了。麻衣子猛地抱住头。

不行不行，不能为这种事生气。医生也说我血压很高，需要注意。说要尽量避免兴奋。

得让头脑冷静一点才行……

麻衣子站起身，暂时离开了法庭。

"你是麻衣子小姐？"

正在走廊休息的时候，有位女性对她说道。

啊……你是坐在前面的……身体自然地往后退去。

"你是麻衣子小姐？"

然而那位女性继续问道。她眼中布满血丝，有种不好的预感……要无视，这种时候无视才是最好的解决方法。

麻衣子没有回答，远离了那位女性。

*

回到法庭，有个男的正站在证言台上。看来是辩方找的证人。

辩方证人名叫小暮，这位男性是个节目编剧。

啊，原来你是小暮先生。我常听阿孝提起你，承蒙关照。

麻衣子像是遇到了旧友，消除了紧张。可是，马上又产生了疑问。

为什么小暮先生会成为辩方证人？

"小暮先生和川上孝一先生是什么关系？"

"我们一起工作过。"

"什么工作？"

"是电视综艺节目。"

"川上孝一先生在做什么工作？"

"他是搞笑艺人，艺名叫'一个人没戏'。七年前他参加过我们节目的前说，之后我们每周都会见面。"

"前说是什么？"

"就是电视节目等正式放送前，以自由谈话之类的形式向观众说明节目主旨，炒热摄影棚氛围的人。他几乎没机会出演，但却是很有人气的前说艺人，非常抢手。但近两年我们没有共事过。"

"那是为什么？"

"因为川上孝一先生被封杀了。"

"为什么会被封杀？"

"因为他惹出了事。"

"是刺伤被告榛名美纱纪的案件吧？"

"是的。虽然判了缓刑，但他被事务所解雇了，他尝试过独自进行各类艺人活动……但想在电视界东山再起希望渺茫。这也是他消沉的原因。"

"你说你们没有一起工作，那怎么会知道他很消沉？"

"我们在私人举办的活动上见过几次。"

"川上孝一先生的状态怎么样？"

"他很憔悴，无精打采，把自己封闭起来，跟以前判若两人。据说有去看精神内科。不过，好像有人在支持他，所以他才能勉强继续艺人活动。"

"支持他的人是谁？"

"我不清楚。"

就是我啊，是我。麻衣子指着自己。

"川上孝一先生好像结婚了，支持他的可能是他太太吧？"

对，说对了。

"不，我觉得不是。"

哈啊？

"我认为川上孝一先生结婚不是出于本意。"

哈啊？喂，你说什么？

"他以前的确很爱自己的太太，还给我看过照片，还很开心地告诉我们他结婚了。可是，他后来离婚了——"

那也是没办法的事啊。想到阿孝和榛名美纱纪搞婚外情，我就没法原谅他，所以冲动地提交了离婚申请。

"后来，他们好像在上次案子的审理过程中复婚了——"

嗯，没错。因为我想以妻子的身份支持他。

"可是，复婚是出于川上孝一先生的本意吗？我对此抱有疑问。"

所以说！你说什么？我们之间的事你懂什么？

"你是说川上孝一先生对婚姻生活不满吧？"

喂，那边的律师别擅自下结论啊！说起来，他明明是榛名美纱纪的律师，为什么要提我和阿孝的婚姻生活？

"被告榛名美纱纪想尽办法要帮助消沉的川上孝一先生。结果引发了这起案件……可以如此看待这件事吗？"

"可以……或许事情就是这样。"

所以说，别胡说八道啊！

原来如此，我懂了……他企图误导人们认为我和阿孝感情不和，将榛名美纱纪的反常行为正当化。心太黑了。

"那么，接下来我想重提两年前的那起案子。"黑心律师转向旁听席，像戏剧的旁白一样继续说明，"二〇〇六年（平成十八年），川上孝一先生骚扰榛名美纱纪，最后用小刀刺伤了她。"

不对，完全不对。进行骚扰的人是榛名美纱纪，希望你别搞错这种事。

"当时因为川上孝一先生神经衰弱，案件解决了——"

嗯，没错。榛名美纱纪执拗的骚扰彻底摧毁了阿孝的理性，所以他才会拿刀刺榛名美纱纪。

"但那件事的起因是川上孝一先生的骚扰吧？"

都说了，进行骚扰的不是阿孝——

"是不是可以认为榛名美纱纪和川上孝一本来就认识？"

喂，那边那个黑心律师！你说什么！

"是的。可以这么想。"

小暮！连你也！到底搞什么！

"那根据呢？"

"我以前见过一张川上先生和某位女性的照片。"

*

"糟了，糟了。"

在庆祝的酒会上，没戏艺人拿着啤酒从对面那桌过来。

"怎么了？要上电视了？"

"要是那样就好了。"没戏艺人单边眉毛扬起，另一边眉毛可悲地垂了下来，看不出是在笑还是在生气，"要是电视就好了……可惜是网络。"

"网络？原来你开通主页了啊！"略有醉意的小暮无意识地加大了音量。

"不是……是的……怎么说好呢……"没戏艺人的声音却小得像只快断气的蚊子，"你知道一个名叫'黑幕投稿天国'的网站吗？"

"啊啊，粉丝们发布艺人新闻和照片的那个网站啊。不过这个时代可真不得了啊，粉丝也能放出让八卦记者都自叹不如的大新闻。"

"我的照片被人传上去了。"

"哦——很受欢迎啊。"

"受什么欢迎啊！不久前还有人把窃听器藏在礼物里送给我……我到底被什么人盯上了？"

"窃听器吗？你的人气相当高嘛！这种烦人的行为就是人气计量表，估计你就要爆红了。"

"别开拿我开涮啦……我觉得我不适合干这行。我已经累了。妻子也不跟我说话了。"

"怎么？你们吵架了吗？"

"是的……那张照片害得我妻子大发雷霆，说要跟我离婚。"

"什么啊……你振作点。艺人的妻子怎么能为那点事生气？得说说她才行。"

"我……在考虑隐退。感觉出头无望，而且我也没有才能。"

"辞了这份工作你有什么打算？"

"我现在的兼职是在百货商场炸肉饼，我觉得自己挺适合这份工作，店长也很照顾我，所以我想在那里……"

"蠢货，继续坚持啊。别因为区区一个投稿网站就泄气啊！"

虽然嘴上这么说，但小暮回到家后迅速打开了"黑幕投稿天国"。以"一个人没戏"为关键词搜索，很快就找到了那张照片。

"不是吧？这……可有点不妙啊。"

*

"那张照片是没戏……川上孝一先生和一位女性的不雅照。"

"那位女性就是被告榛名美纱纪吧？"

"是的，就是她。"

所以说……麻衣子拍了拍膝盖，那是合成照片！是榛名美纱纪自导自演的！窃听器也一样，是榛名美纱纪搞的鬼……那张照片的确非常像真的，我第一次见到那张照片的时候也以为是真的，所以我……现在非常后悔。如果当时认真听阿孝解释就好了。

"看了那张照片后，你认为川上先生和被告是什么关系？"

"我觉得他们是恋人。"

都说了不是啊！

啊啊啊啊，气死我了！为什么不让我当证人啊，啊，急死人了。如果我是证人，就能让那个无能的黑心律师无言以对了。

但麻衣子的怒火还没平息，下一位证人又被传了上来。这个也是辩方证人，是一位年轻女性，她说自己叫上野由里香。

"你和川上孝一先生是什么关系？"

"我们以前是同事。我和川上先生曾经在 H 市的百货商场里的'北海道屋'工作。"

啊，原来是上野小姐。我常听阿孝说你的事。你和火腿卖场的大妈关系很好吧？阿孝抱怨说你从没在规定的休息时间范围内回到店里，把轮休安排搞得一团糟。

"你记得川上孝一先生的雇用形式吗？"

"记得。他起初是每周来兼职三天，但后来上班天数慢慢变多，最后按完整的上班时间工作。"

"你知道川上孝一先生是搞笑艺人吗？"

"不，我不知道。他本人也从没提过。而且，他给人的印象也不像搞笑艺人。"

"那川上孝一先生给人的印象怎么样？"

"我感觉他让人捉摸不透。好像沉默寡言，但又好像很能说。对，有时候突然很能说，就像被按下开关一样。工作的时候也是——"

*

"川上最近很奇怪啊。"一位同事用下巴示意玻璃另一边的川上孝一，他正跟店长一起炸肉饼。上班时间禁止私聊，可是他却自顾自地对店长说话，声音大得连卖场这头都能听到。

"假如你自己的事被人写进小说里，你会怎么做？"

"自己的事能被写进小说里，是很荣幸的事吧？"

店长表情僵硬，但仍在回答。这位店长的毛病就是拉不下脸来警告员工。这种优柔寡断的性格迟早会让他陷入绝境。

"光荣……吗？"

"感觉跟伟人传记差不多吧。"

"是这样吗？"川上孝一没有焦点的视线飘向渡边，继续问道，"但书里写的可是自己的事啊。指名道姓，详详细细。"

川上孝一话匣子一打开就收不住了。

"专心工作！"就连拉不下脸的店长的声音也变粗暴了。

这是第一次出现异状的时候。紧张的氛围甚至蔓延到了卖场。川上孝一终于不吭声了，但之后一直心不在焉，光是那一天就炸焦了三十个肉饼。

"川上很不舒服吧？"

"嗯，是呢。"

"毕竟就连那个店长都受不了呢，应该很严重吧。"

那天的休息时间，售货员的话题也清一色都是川上孝一。

"也许是我害的。"

负责卖场 POS 收银机的商场员工凑到桌旁，然后她翻开了放在桌子上的时尚杂志《Frenzy》。

"那里面有篇连载小说，名叫《给你的爱》。其中一位主人公和川上先生同名，所以我拿给他看了。第二天他就开始说起了莫名其妙的话。"

"啊……我超喜欢榛名美纱纪！"活鱼卖场的大妈大声说道，然后从收纳包里取出了单行本，"我正在读这本书。真棒啊……榛名美纱纪。让人难受、痛苦，可是又很温馨……"

"榛名美纱纪很红吗？"由里香拿起了单行本。

"你不知道吗？她出的全是畅销书哦。"

"欸——"她翻开封面，一张大得离谱的作者近照占据了整整一页……

灯光太亮了，白茫茫的一片，几乎没有阴影，简直就是伊丽莎白一世晚年的肖像画。

"榛名美纱纪的小说都是根据真实故事改编的。"收银员说道。

"也就是说《给你的爱》也是真实故事？"

"应该是吧？毕竟'榛名美纱纪'都实名登场了。"

"那她的恋人，那个无名搞笑艺人川上孝一……"

"嗯，我也这么想，所以把小说给川上先生看了，不过他拼命地否认。"

"那只是碰巧同名吧？"

"可是小说里的川上孝一的设定就是在东京郊外的百货商场打工，而且是做炸肉饼。"

"那不就跟川上一模一样吗？"

"可是，川上先生不是搞笑艺人吧？"

"说起来啊。"火腿大妈压低了音调，"这是我们卖场的人告诉我的，有个搞笑艺人与川上长得一模一样。虽然只是一个无名艺人，但却有不少核心粉丝，在网上也小有名气。那个艺人名叫'一个人没戏'。"

"哎呀，跟小说里一模一样！小说里川上孝一的艺名就叫'一个人没戏'！"收银员提高了音量，"那……这本小说里的川上孝一……"

"说不定就是套用川上的事……或者就是写他本人？"

*

"那天发生了一件事证实了我们的推测。"上野由里香继续她的证言，声音虽小但却很清晰。

"是什么事？"

"那天傍晚榛名美纱纪来了我们卖场。"

不是吧！榛名美纱纪去过阿孝打工的地方？

"你确定是榛名美纱纪，不会错吧？"

"不会错。跟那张作者近照一模一样，白白的浓妆就像伊丽莎白一世。"

"川上孝一先生发现榛名美纱纪了吗？"

"发现了。毕竟川上先生当时就在卖场，所以两人偶遇了。"

"川上孝一先生见到榛名美纱纪的时候有说什么吗？"

"有。没有……那个……"

"请明确地回答问题。"

"那个……"

"他没说什么吗？"

"那个……那个……"

"川上孝一先生看到美纱纪本人，就没打声招呼吗？"

"那个……"

"没叫美纱纪的名字吗？"律师的语气突然变得像小混混一样粗暴，"嗯？到底有没有？嗯？"

证人身体抽搐。

"啊……有……没有……那个……"

"到底有没有？嗯？"

喂，你这混混律师。这不就是恐吓吗？

"所以说，到底有没有？欸？他有叫美纱纪的名字吧？嗯？"

"啊，有，大概……有叫'美纱纪'。"

"那家伙是亲密地直呼美纱纪的名字吧？"

"啊，是的……大概。"

那是不可能的！因为阿孝根本就不认识榛名美纱纪。喂，那个叫上野的，振作一点啊，别被那种威胁唬住啊！

"他是亲密地直呼美纱纪的名字吧？"律师变回了原来的口吻。

"啊……是的。大概吧。这事过去很久了……"

"这点很重要，请你想清楚。他是亲密地直呼美纱纪的名字吧？"

"啊……是的。"

"他是亲密地直呼美纱纪的名字吧？"

"啊，是的。没错，他直接叫的名字。"

"不会错吧？"

"大概。"

"不会错吧！"

"不会错！"

喂……喂……喂……混混律师！这不是诱导性发问吗？法官也管管他啊！律师明显在诱导证言！这是在逼迫证人！

"和小说里一样。"左边的女性嘟囔道，手帕依然按着眼角，"美纱纪和孝一被麻衣子拆散，却在承载他们回忆的炸肉饼店，实现了命运的重逢。"

右边也传来了嘟囔声："失忆的孝一看到美纱纪的脸，反射性地低声呼唤'美纱纪'的名字，然后记忆瞬间全恢复了。"

不可能会那样！阿孝根本没失忆！那部小说全部是美纱纪的妄想，根本不是什么真实故事，纯粹都是妄想！

"那就剩最后一个问题了。当时川上孝一先生和榛名美纱纪是什么表现？"

"川上孝一先生笑嘻嘻的……感觉挺亲切的。"

都说了，不可能是那样！就算他很亲切，那也是服务业的基本礼仪，又不能对顾客爱理不理的，总得做做样子。你说对吧？是这样吧？上野小姐，你接待顾客的时候也是满面笑容吧？

"我问完了。"律师结束了问话。

喂……喂……上野小姐的证言这就完了？这种话根本不可信！要是采用这种证言就太荒唐了！

麻衣子在做无声的抗议时，下一位证人被传了上来。还是辩方证人。劳务派遣公司"Power Human"的协调员铃木美惠。

欸，不是吧。铃木小姐？啊，真的是铃木小姐。铃木小姐，铃木小姐，是我啊，是我。

麻衣子轻轻挥了挥手，但她却站上了证言台，没什么特别的反应。

"唯独不能原谅那个名叫麻衣子的女性！"铃木美惠突然叫道，不过她马上降低了音调，"……这话是山口聪美小姐说的。"

"山口聪美小姐是谁？"

"是我们劳务派遣公司登记在案的员工，级别 B+，注册时间两年，主要职业经历是话务员、手机销售还有文员。从未被录用为正式员工。"

"那麻衣子呢？"

"她婚前名叫户田麻衣子，也是我们劳务派遣公司登记在案的员工，级别 A-。"

我都不知道自己是这个级别。话说，为什么会提到我？

"级别 A- 的'-'是什么意思？"

"这个，该怎么说好呢？就是有点问题。"

"有什么问题？"

"她很能干，属于令人敬而远之的类型。有时候会对正式员工提意见，指手画脚，搞得正式员工都没自信了。经常试用期刚结束就没下文了。"

原来是这样啊。不管工作做得多好都不会续约，我觉得很不可思议。

"总之，不知道该说是完美主义还是有洁癖，她特别能干，但也特别会惹麻烦。"

"惹什么麻烦？"

"主要是人际关系……简单来说就是欺凌。我也是最近才知道的，她似乎会以提醒的名义欺凌派遣员工。山口聪美小姐也是其中之一。"

喂，等一下！欺凌？我会欺凌？我只是在教育完全派不上用场的年轻派遣员工而已，只是在教育他们而已！

"据山口小姐说，她的手段相当阴险。听说山口小姐剪完头发的第二天被叫去厕所吃了很多苦头。"

因为……因为她的发型！那可是莫西干头啊！要是有人顶着那种脑袋来上班，换谁都会提醒她吧？可是，却没有一个正式员工提醒她，大家都装作没看见。只是在背地里发出抱怨。

"那太糟糕了吧！"

"她在想什么啊？"

"真不敢相信！"

却始终没有行动，所以我才会提醒她。没让她吃苦头啊。只是口头提醒她而已。而且，欺凌别人的老大就是山口小姐本人！造谣生事，散布一些有的没的，从柜子里偷钱包还栽赃给别人，把鞋子藏起来，弄破工作服，这些传统的欺凌都是山口小姐干的！

"据山口小姐说，造谣生事，散布一些有的没的，从柜子里偷钱包还栽赃给别人，把鞋子藏起来，弄破工作服……总之所有的欺凌手段她都用过。"

都说了，那不是我干的！是山口小姐，是山口小姐——

"麻衣子果然坏透了。"一个声音从后面传了过来。

"那个麻衣子像小说里一样坏呢。"前面也传来了这种声音。

"肯定是麻衣子把美纱纪逼到绝境的，错不了。"斜后方也传来了这样的声音。

"孝一也因为麻衣子吃尽了苦头。"斜前方也是。

"麻衣子才是必须受到惩罚的人。"

麻衣子、麻衣子、麻衣子、麻衣子……

为什么？为什么我成了坏人？

麻衣子、麻衣子、麻衣子、麻衣子……

都说了，错的不是我！

"肃静！"

审判长的声音响了起来。接着，又有一位辩方证人站上了证言台。到底带了多少人来啊？

那位体重似乎能达到标准体重两倍的女性，满脸都是看不懂的时髦妆容，也不知是属于漂亮、老土还是流行的最前沿。女性说自己叫早乙女桃子。

"你的职业是什么？"

"我是艺术总监。"

"哈？"

"都说了我是艺术家。"

"……听说你是美发师？"

"嗯，一般人是这么叫的。"

"你和麻衣子是什么关系？"

"我的名字是麻衣子起的。"

……哈？话说，你是谁？

"你和麻衣子小姐是怎么认识的？"

"是在网上认识的。是在没戏……川上孝一先生的粉丝网站上认识的。"

所以说，你是谁？

"那个粉丝网站是谁在管理？"

"最初我以为是没戏自己在管理，但不是这样的，是麻衣子擅自开设网站，还在论坛上回帖。以没戏的名义。"

所以说，那是因为……阿孝好像彻底没了干劲，我想鼓励他，所以才开设了网站。我知道论坛的事是我不对，可是，如果不展现出阿孝活跃的一面，他会被人遗忘的。而且传出了他隐退的留言，所以我才装成阿孝……

"我还以为是没戏本人在回帖，所以每天都在论坛上发帖子鼓励他。因为可能会对没戏的演技有帮助，我还发了很多段子。"

难……难道你是PeachPici？

"我之前一直以为自己的网名也是没戏帮我想的。"

啊，她果然是PeachPici。嗯，我记得你每天都会在论坛上发帖。你说想要个好的网名，所以我就给你起了PeachPici。这是由桃子联想到的名字，连我也觉得这个名字不错。你也说这个名字很棒，显得很开心呢。

"她给我起了一个奇怪的名字，叫PeachPici。不过我以为这名字是没戏帮我起的，所以就将就着用了。"

讨厌，原来你不喜欢那个网名？

"可是，PeachPici这个名字是麻衣子起的！好过分，好过分！PeachPici这名字太过分了！麻衣子起这名字是出于恶意，她肯定在嘲笑

我，我一直被人嘲笑！太过分了！"

不，都说了，那是……

"居然叫 PeachPici。太过分了。"旁听席前方传来了这样的声音。

"那种体型配上 PeachPici 这个名字，太糟糕了。你看，喇叭裙绷得
PiciPici 响，眼看就要撑破了。"右边也是。

"和小说里一样，麻衣子就是恶魔。"左边也有。

"不只是美纱纪和孝一，她对别人也很残忍。"

所以说！

"那么，Peach……不对，早乙女小姐，这次的案子你怎么看？"

听到律师的问题，早乙女桃子高高扬起下巴，用响亮的声音断言道。

"麻衣子是个坏心眼的女人。这女人心里满是恶意，会若无其事地说
谎，还会陷害别人，不择手段。我认为榛名美纱纪是被麻衣子逼上绝路的，
榛名美纱纪只是想救孝一而已，肯定是这样。"

喂，你凭什么擅自下定论？那只是你的臆测吧？

喂……检察官，你说点什么啊！这种时候该大喊"异议"什么的吧？

可是检察官那个老头子却只是呆呆地看着远方。

检察官先生……你有干劲吗？法庭彻底成了辩方律师的专属舞台。虽
然不清楚怎么回事，但他正在为榛名美纱纪创造有利的局面。可是检方却
没提出反对的质疑，证人也一个都没传。喂……检察官，也许今天没办法，
但下次开庭请传我当证人。我会作证的，我会证明真相的。今天的每一位
证人都偏向被告，他们被律师洗脑了，被榛名美纱纪的妄想影响了！这种
事，不可饶恕！真相，请查清真相！阿孝被榛名美纱纪刺成重伤，至今昏
迷不醒！

啊啊啊啊。居然会变成这样！如果阿孝一直这样昏迷不醒，如果他就这样死去……那我肚子里的孩子该怎么办？我们该怎么办？如果阿孝死了。

不能放过那个女人！

唯独那个女人！

麻衣子瞪着被告，举起手。然而，手举到一半的时候，视线突然猛烈地摇晃，她顺势把手放到头上。

不行，血压……麻衣子抱着头，再次离开了法庭。

"你是麻衣子小姐吧？"

走廊上，又有人这样对她说。是刚才那人……这人怎么回事？麻衣子把目光移开，仿佛在说你认错了。

"骗人，你就是麻衣子小姐吧？"

那位女性向她逼近。麻衣子拧着身体，想躲开那女性的质问。

"请等一下，你就是麻衣子小姐吧？"

可是女性却步步紧逼。这人怎么回事？女性的包里露出了一本时尚杂志《Frenzy》。Frenzy，麻衣子现在才想起这个单词的意思……狂乱。

"你就是麻衣子吧？没错吧？"

女性雪白的手伸了过来。什么？什么？喂，什么情况？

"我问你，你是麻衣子小姐吧？"

是啊，我就是麻衣子啊！那又怎么样！

"果然是你。"

*

　　回到法庭后，她很快就被叫到了名字，然后站上了证言台。

　　与此同时，律师的讯问开始了。

　　"你的名字是？"

　　"大林留美子。"

　　"职业是？"

　　"我是编辑。我以前在学术书的出版社工作，但去年底换工作了……"

　　"请说得简短一点。"

　　"啊，好……所以我现在在时尚杂志《Frenzy》的编辑部，负责榛名美纱纪老师的作品《给你的爱》。"

　　"你负责的《给你的爱》是一部怎样的小说？"

　　"是一部很棒的小说。充满了人类的尊严和爱的珍重，而且洋溢着勇气、感动和光辉，是一部佳作。"

　　"有人说《给你的爱》是真实故事，但其实只是虚构的……"

　　"不，那是一部分本性扭曲、内心肮脏的人的污蔑。《给你的爱》毋庸置疑就是榛名美纱纪老师和川上孝一先生真实的恋爱故事。没有半点污秽，是纯洁的恋爱物语。要不然就不会有那么美妙的、奇迹般的、打动人心的句子。"

　　"什么句子？"

　　"光就是爱，光的世界就是我给你的爱。"

　　"原来如此，很美的句子呢。"

　　"这话念出来就更耀眼了。让人深受感动……光就是爱，光的世界就是我给你的爱。光就是——"

嗡——嗡——嗡——嗡——

什么？什么声音？我正说到精彩的地方。

嗡——嗡——嗡——嗡——

是手机。

是谁？居然不关机，这可是常识！

一位年轻男性慌忙从记者席飞奔出去。

"……话说，"一直沉默不语的审判长终于开口了，"话说，证人，那是什么？"

"欸？"

"你右手抓的是什么？"

"啊，那是——"

"还有，你的罩衫怎么了？"

"你说什么？"

"那污渍……好像是血。"

"嗯，这是——"我正要回答。

"呀——"

一个沉闷的惨叫声在法庭回荡，是刚才那个记者的声音。

"……是的。你说的对，这是血。太失败了，如果不穿白色罩衫就好了。"

"血？"

"对……这是麻衣子的血。"

一种前所未有的紧张感在法庭弥漫。

哎呀……讨厌。为什么大家都是那副表情？我只是让碍事的麻衣子消失而已。因为，只要那个女人还在，美纱纪和孝一就不能在一起。就不会

有大团圆的结局。那可不行，绝对不行。

《给你的爱》一定得是大团圆结局才行。对吧？榛名老师？对吧？各位。必须是大团圆结局才行，对吧？最后是美纱纪和孝一的婚礼。北国的洁白教堂，美纱纪和孝一在那里举办只有他们两人的婚礼。为爱立下永恒的誓言，然后是一个绝美的吻。祝福的钟声会响彻北国的晴空。这是唯一的结局，不容许有其他结局。所以必须让麻衣子消失才行。那个女人是个疯子，骚扰榛名老师还不够，她还给编辑部发奇怪的传真，到现在为止已经发了好几次了。所有的一切都是麻衣子的妄想，那些写着妄想的传真把榛名老师逼得走投无路，引发了这种事。不可饶恕，偏偏在这么关键的时候，偏偏在即将结束的时候，这样一来《给你的爱》就不会以悲剧收场了。怀孕？不可能有那种事，因为孝一只爱美纱纪一个人，只爱榛名美纱纪一个。如果她真的怀孕了，那就必须让母子一起消失。因为《给你的爱》不需要这种设定，她们都是碍事的角色。

……重点是审理，继续审理吧。只要能成就美纱纪和孝一的爱，不管为他们做什么，我都在所不惜。只要能创造一个美好的大团圆结局，任何证言我都愿意提供。所以，审理吧，请继续审理。然后，一定要获得爱情的胜利。

然而，没人在听女编辑的陈述，那天的公审休庭了。

尽管"热读术"中有提到"尊严死也是一种选择"，但这不过是为了创作虚构的。二〇一六年十月，日本的法律并不承认尊严死（安乐死）。

本故事纯属虚构。与实际存在的个人、团体等无任何关系。

〈参考文献〉

《ロマンティックな狂気は存在する》春日武彦（新潮 OH！文庫）

《実録！サイコさんからの手紙》別冊宝島（宝島社）

均初次发表于《ミステリマガジン》

"钟情妄想"	二〇〇六年七月号
"投诉狂"	二〇〇六年十月号
"卡里古拉"（初次发表时标题为"心理上的瑕疵房产"）	
	二〇〇七年二月号
"金苹果汽水"	二〇〇八年二月号
"热读术"	二〇〇八年五月号
"既视感"	二〇〇七年七月号
"团伙跟踪"	二〇〇九年一月号
"二联性精神病"	二〇〇九年二月号

图书在版编目（CIP）数据

狂乱连锁 /（日）真梨幸子著；程宏译 . -- 北京：
台海出版社，2021.4

ISBN 978-7-5168-2905-9

Ⅰ . ①狂… Ⅱ . ①真… ②程… Ⅲ . ①长篇小说－日
本－现代 Ⅳ . ① I313.45

中国版本图书馆 CIP 数据核字 (2021) 第 032905 号

版权合同登记号　图字：01-2021-0596

狂乱连锁

著　　者：[日]真梨幸子		译　　者：程　宏

出 版 人：蔡　旭　　　　　　　　　　封面设计：李宗男
责任编辑：员晓博

出版发行：台海出版社

地　　址：北京市东城区景山东街 20 号　　邮政编码：100009

电　　话：010-64041652（发行、邮购）

传　　真：010-84045799（总编室）

网　　址：www.taimeng.org.cn/thcbs/default.htm

E - mail：thcbs@126.com

经　　销：全国各地新华书店

印　　刷：嘉业印刷（天津）有限公司

本书如有破损、缺页、装订错误，请与本社联系调换

开　　本：880 毫米 ×1230 毫米　　　　1/32

字　　数：193 千字　　　　　　　　印　　张：7.625

版　　次：2021 年 4 月第 1 版　　　　印　　次：2021 年 4 月第 1 次印刷

书　　号：ISBN 978-7-5168-2905-9

定　　价：48.00 元